스치면 인연
스며들면 사랑

스쳐던 인연 스며들면 사랑

김헌태 지음

레몬북스
lemon books

contents

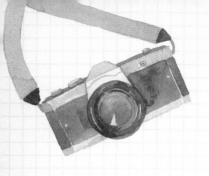

여는 글

미리 아파하지 마세요.
미리 겁먹지 마세요.

두렵겠지요. 걱정되겠지요.
그렇다고
이미 설레기 시작한 몹쓸 심장을
어떻게 할 수도 없잖아요.

사랑하지 않아도 아프고
사랑해도 어차피 아파요.

기쁨보다 어쩌면 눈물이 더 많을지도 몰라요.
행복보다 어쩌면 상처가 더 많을지도 몰라요.

그래도 막을 수 없잖아요.
눈물과 상처, 그것 역시 사랑이고 삶이니까요.

마음 가는 대로 흘러가세요.
발길 가는 대로 걸어가세요.

더는 내가 나를 속이지 말고
더는 내가 나를 가두지 말고

스치는 인연에 두려움 없이 스며들고
스며드는 사랑에 가난 없이 사랑하세요.

그 순간이 어쩌면 인생의 전부일 수도 있습니다.

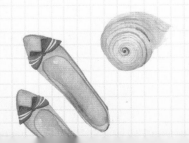

| Part 1 |

사랑이 스며드는 그 찰나

빛의 속도보다 빠르다.
그러니 정신 바짝 차려야 한다.
이런 마음은 처음이다.
설렌다.
감히 내가 그래도 될까.

그럴 때 주저하지 마라.
그 찰나에 운명을 걸어라.
너를 내려라, 후회 없이……

그 사람이 스치는 순간

두 가지 얼굴이 있다.

첫 번째는 익숙한 얼굴이다.
그저 바람처럼 스쳐 지나갔을 뿐인데
유난히 친근하게 느껴지는

두 번째는 낯선 얼굴이다.
마음 밑바닥까지 다 안다고 생각했는데
여전히 거리감이……

어쩌면 우리들은 지금 이 순간에도
익숙한 얼굴을 찾기 위해 낯선 거리를 헤매고 다니는지 모르겠다.

그러나 익숙한 얼굴은 쉽게 만나지는 게 아니다.
잠깐 스쳐 지나갈 때 발견의 눈을 떠야 한다.

운명적인 만남은
긍정할 수도,
부정할 수도 없는 그런 스침에서 온다.

당신이 존재하는 까닭이겠지요

그리움은 도대체 어디에 있는 걸까요?
당신 그리워 힘겨울 때 간혹 벽에 기댄 채 울었으니
벽 속에 있는 것 같기도 하고
아니면 목련 가지 끝에 걸린 조각달 보며
종종 당신을 생각했으니
달님 뒤에 숨어 있을 것 같기도 하고
그것도 아니라면 몰래 숨어 당신을 훔쳐보았던
전봇대 뒤편에 있는지도 모르겠습니다.

아무리 찾으려 해도 좀체 모습을 드러내지 않는
한없이 투명에 가까운 그리움.
당신 때문에 어떤 날은 가슴 한복판이 아픈 걸 보면
그리움은 내 심장 가까이 있는 것 같기도 합니다.

그러다가 문득, 당신의 얼굴조차
떠오르지 않을 때면
애당초 그리움이란 건 이 세상에 없었는지도 모른다는
생각을 하게 됩니다.

그리움이 벽에 있건 달님 뒤에,
심장 가까이 아니면 저 멀리 있건
그리움으로 인해 마음이 더 아파질수록 나는 행복합니다.

이 세상 어딘가에는
분명 아직도 당신이 존재하는 까닭이겠지요.

하지만 결정적으로 그는 모른다.
자신을 바라보며 사랑을 키워 가는 한 여자가 있음을.
하지만 적어도 그녀는 안다.
자신이 누구를 사랑하는지.

- 영화 〈나도 아내가 있었으면 좋겠다〉

인연이라는 것에 대하여

누군가가 그랬습니다.

인연이란 잠자리 날개가 바위에 스쳐,
그 바위가 눈꽃처럼 하이얀 가루가 될 즈음,
그때서야 한 번 찾아오는 것이라고.

그것이 인연이라고 누군가가 그랬습니다.

등나무 그늘에 누워 같은 하루를 바라보는
저 연인에게도 분명 우리가 다 알지 못할
눈물겨운 기다림이 있었다는 사실을.

그렇기에 겨울꽃보다 더 아름답고,
사람 안에 또 한 사람을 잉태할 수 있게 함이.

그것이 사람의 인연이라고 누군가가 그랬습니다.

나무와 구름 사이
바다와 섬 사이
그리고 사람과 사람 사이에는
수천, 수만 번의 애달프고 쓰라린
잠자리 날갯짓이 숨 쉬고 있음을.

누군가가 그랬습니다.
인연은 서리처럼 겨울담장을 조용히 넘어오기에
한겨울에도 마음의 문을 활짝 열어 놓아야 한다고.

누군가가 그랬습니다.
먹구름처럼 흔들거리더니 대뜸 내 손목을 잡으며
함께 겨울나무가 되어줄 수 있느냐고.

눈 내리는 어느 겨울밤에,
눈 위에 무릎을 적시며 천 년에나 한 번 마주칠
인연인 것처럼 잠자리 날개처럼 부르르 떨며
그 누군가가 내게 그랬습니다.

세상에서 가장 완벽한 고백

고백은 늘 서툴기 마련입니다.

아무 말도 꺼내지 못하고 머뭇거리다 도망치듯
뒤돌아왔다고 해서 속상해하거나
자기 자신에 대해 실망할 필요가 없습니다.
이 세상 그 누구도 사모하는 사람 앞에서
자신의 마음을 완전하게 표현한 사람은
극히 드물 겁니다.

천하를 호령한 영웅 나폴레옹도
사랑하는 여인 조세핀 앞에서는
한낱 작은 바람에 불과했습니다.

뒷모습만 흠모하다가 정작 그 사람의 앞에 서면
왠지 그 사람이 낯설게 느껴지는 것이,
왠지 그 사람이 산처럼 거대해 보이는 것이,
왠지 그 사람이 뚫을 수 없는 벽처럼 보이는 것이,
그리하여 자기 자신이 한없이 부끄럽고
초라하고 작아지는 것이
어쩜 당연한 일인지 모릅니다.

고백은 그 자체로
이미 완벽함을 내포하고 있습니다.

서툴면 서툴수록, 부족하면 부족할수록
고백은 더욱 완벽해집니다.
아무 말도 건네지 못한 채 머리만 긁적이다
침만 꿀꺽꿀꺽 삼키고
끝내는 자신의 머리를 쥐어박으며 뒤돌아왔다면
그것만큼 완벽한 고백은 없을 겁니다.
그것만큼 마음을 제대로 표현한 건 없을 겁니다.

사랑한다고, 사랑해 미칠 것 같다고
굳이 전하지 않아도 괜찮습니다.
언제부턴가 당신만을 그리워하고
사랑하게 되었다고 애써 말하지 않아도 괜찮습니다.
고백은 말을 전하는 게 아니라
내 안의 간절한 마음을 사랑하는 사람의 마음 곁에
살포시 내려놓는 것이기 때문입니다.

멋진 퍼포먼스를 준비하는 게 전부는 아닙니다.
성의와 노력도 중요하겠지만
그보다 중요한 것은 진실이 담긴 마음입니다.
작은 쪽지 편지면 어떻습니까?
그 안에 진실과 사랑이 담겨 있다면 그걸로 충분합니다.
다이아반지가 아니면 어떻습니까?

그 안에 영원이 담겨 있다면 그걸로 행복합니다.

사랑하는 사람을 향한 진실한 눈빛,
사랑하는 사람을 향한 온전한 마음,
사랑하는 사람을 향한 이해의 손길,
사랑하는 사람들 향한 희생의 각오.
그것은 그 어떤 퍼포먼스보다 더 고귀하고 오래갑니다.

진실한 그리움, 진실한 사랑은
꽉 닫혀 있던 문을 열게 하고
사막에도 꽃을 피우게 하고
마음 안에 아름다운 집 한 채를 짓게 만듭니다.

자신의 마음을 먼저 들여다보십시오.
내 마음은 눈처럼 맑은가,
내 마음은 비단결처럼 고운가,
내 마음은 볕처럼 따사로운가.

거짓 없는 마음과 마음이 하나로 통하고
부끄러운 고백을 넉넉한 마음으로 받아줬을 때
그것만큼 이 세상에 완벽한 고백은 없을 것입니다.
오늘이 세상에서 가장 완벽한 고백을 전하는
그날이 되십시오.

아무것도 아닌 것이 될까 봐, 조심하고 싶었어요.
아는 척하는 순간, 아무것도 아닌 게 될까 봐.
그렇게 되고 싶진 않았거든요.

- 영화 〈번지점프를 하다〉

사람과 사람은 만나야 한다

이제 만나야 합니다.
더 이상 눈물겹지 않게
혼자일 필요는 없습니다.

비가 오는 날에도
나비는 꽃을 향해 날아가고
안개 낀 새벽녘에도
자동차는 그리운 바다를 향해 질주합니다.

아무리 다짐하고 또 다짐한다 해도
사람은 사람을 벗어나
살아갈 수 없는 법.

만남, 그 자체가
두렵다는 건
어쩌면 더욱더 진실한 사람을 만나고픈
간절함인지도 모릅니다.

겨울이 오기 전에,
인생이 다 가기 전에 우리는 만나야 합니다.
그리운 것들은 비벼대며 살아야 하기에,
사람은 원래 그리운 것들이기에,

이제 만나야 합니다.
사람과 사람은 다시 만나야 합니다.

LOVE

사랑의 마침표는 없다

누군가는 우리네 인생을 모래시계로 비유합니다.
모래시계의 맨 윗부분에는
수많은 모래 알갱이들로 가득합니다.
이 모래 알갱이들은
한꺼번에 밑으로 쏟아지는 게 아니라
한 알, 한 알 중앙의 좁은 홈을 통과합니다.
많은 모래가 한 번에 쏟아진다면
중앙의 홈은 막히게 됩니다.
그러면 결국 모래시계는 망가지게 되겠죠.
이처럼 인생은 서두름을 허락하지 않습니다.
무리함을 용납하지 않습니다.

순리대로
흐름대로
조금씩
천천히
흘러가길 주문합니다.

사랑도 마찬가지입니다.
급한 마음에 성급히 달려들었다가는

되레 더 멀어지게 됩니다.
그리움으로 가득 찬 마음으로 한 걸음, 한 걸음
다가가야 그 사랑을 진실로 받아들입니다.
그리움이 간절함이 되고 그 간절함이 하늘에 닿을 때,
비로소 사랑의 꽃망울이 피기 시작하고
깊고 무거운 사랑을 기대할 수 있는 것입니다.
물론 모든 사랑이 다 완성이 되는 건 아닙니다.
사랑이라는 이름으로 다가갔지만
결국 상처와 슬픔으로 되돌아올 때도 있습니다.
이 세상에는 아픈 사랑도 존재하는 거죠.

만약 그런 아픈 사랑을 겪고 있다면
굳이 잊으려고 애쓰지 말고
굳이 눈물을 참으려고
자신의 감정을 억제하지도 마세요.

슬프면 하염없이 눈물을 흘려보내고
분하면 큰 소리로 절규하십시오.
또한 여전히 그리우면 맘껏 후회 없이 그리워하십시오.
그렇게 지내다 보면 언젠가는
말끔히 당신의 상처와 아픔이 치유가 됩니다.
시간이라는 치료제가 모든 것을 다 잊게 할 테니까요.

겨울이 지나면 봄이 오듯
분명 그대에게도 상처와 아픔의 그 자리에

새로운 설렘이 찾아올 겁니다.

다시, 사랑은 온다

새로운 하루는 새로운 공기가 필요한 법
그대여, 이제 창문을 열어라

열매 없는 나뭇가지도 있고
날개가 없는 새도 있으니
주저 말고 마음을 열어라

어제 그리워한 만큼 오늘을 사랑하고
어제 흘린 눈물만큼 오늘을 웃으면 그만이다

굳이 나뭇가지는 새를 기다리지 않는다
굳이 새는 나뭇가지에 내려앉지 않는다
기다리다 보면 언젠가는 만날 것을
그리워하다 보면 언젠가는 행복할 것을

그대여, 이제 슬퍼 말아라
지구는 둥글다는 것
이렇게 걷다 보면

언젠가는 다시, 사랑한다는 것을
그대여, 오늘의 사랑을 맞이하라

아니라고 단정하지만 않는다면
희망은 어느 날 갑자기 노크를 해댑니다.
우리를 다시 또 살게 하고 삶을 찬란하게 빛나게 하고
호흡하며 새로운 내일을 준비하게 만듭니다.

그대여, 마침표를 찍지 마세요.
분명 다시 옵니다.

그대는 왠지 느낌이 좋습니다

그대와 함께 있으면
어느새 나도 하나의 자연이 됩니다.

주고받는 것 없이 다만 함께 한다는 것만으로도
바람과 나무처럼 더 많은 것을 주고받음이 느껴집니다.

그대와 함께 있으면
길섶의 감나무 이파리를 사랑하게 되고
보도블록 틈에서 피어난 제비꽃을 사랑하게 되고
허공에 징검다리를 찍고 간 새의 발자국을
사랑하게 됩니다.
수묵화 여백처럼 헐렁한 바지에
늘 몇 방울의 눈물을 간직한,
주머니에 천 원 한 장 없어도 얼굴에
그늘 한 점 없는,
그대와 함께 있으면
어느새 나도 작은 것에 행복을 느낍니다.

그대의 소망처럼 나도
작은 풀꽃이 되어

이 세상의 한 모퉁이에 아름답게 피고 싶습니다.
그대는 하나도 줄 것이 없다지만
나는 이미 그대에게
푸른 하늘을, 동트는 붉은 바다를 선물 받았습니다.

그대가 좋습니다.
그대는 왠지 느낌이 좋습니다.
그대에게선 냄새가, 사람냄새가 난답니다.

네가 사랑의 진로를 인도할 수 있다고 생각하지 마라.
사랑이 너의 가치를 발견하고 네 진로를 인도할 것이기 때문이다.

- 칼릴 지브란

왜 그립지 않겠습니까

어찌 그럴 수 있겠습니까.
낙엽 하나 뒤척거려도 내 가슴 흔들리는데
귓가에 바람 한 점 스쳐도
내 청춘 이리도 쓰리고 아린데

왜 눈물겹지 않겠습니까.
사람과 사람은 만나야 한다기에
그저, 한 번 훔쳐본 것뿐인데

하루에도 몇 번이고
메스꺼운 너울 같은 그리움.

왜 보고 싶은 날이 없겠습니까.
하루의 해를 전봇대에 걸쳐놓고
막차에 몸을 실을 때면
어김없이 창가에 그대가 안녕 하는데
문이 열릴 때마다
내 마음의 편린들은 그 틈 사이에서
오도 가도 못 하는데

왜 서러운 날이 없겠습니까.
그립다는 말,
사람이 그립다는 말,
그 말의 늪에서 허우적거리는
저 달빛은 오늘도 말이 없습니다.

사랑한다면, 진정 사랑한다면
그저 멀리서 바라보며
두고두고 오래도록 그리워해야 한다는 말,
어찌 말처럼 쉽겠습니까.

해를 점점 달빛이 갉아먹거늘
사랑은 짧고 기다림은 길어지거늘

왜 그립지 않겠습니까.
왜 당신이 그립지 않겠습니까.

비라도 오는 날이면
차마 기댈 벽조차 그리웠습니다.

자기가 사랑받고 있다고 느끼면
백발이 될 때까지도 어린아이 같은 기쁨을 느낀다.

— 앙리 드 몽테를랑

고래와 멸치의 아름다운 사랑 이야기

인적이 닿지 않는 섬.

그 섬에는 각종 동물들이 살았습니다.
그 섬에는 고래 총각과 멸치 처녀가 살고 있었는데 어느 날, 고래 총각은 멸치 처녀를 보고 첫눈에 반했습니다.

"어쩌면 저렇게 아담할 수가 있을까! 참으로 앙증맞고 사랑스럽게 생겼다."

늦은 밤, 고래 총각은 잠을 청해보려고 했지만 자꾸만 눈앞에 멸치 처녀가 아른거렸습니다.

"내가 왜 이러지?"

고래 총각은 머리를 내둘렀지만 멸치 처녀의 모습은 사라지지 않았습니다. 고래 총각이 지독한 사랑에 빠진 것입니다.

그 후로 고래 총각은 자꾸만 멸치 처녀의 주위를 맴돌았습니다.
멸치 처녀는 처음에는 고래 총각의 접근이 못마땅했지만 자꾸만 보면 볼수록 괜찮다는 생각이 들었습니다.

"그래, 나는 저렇게 몸집이 큰 동물이 좋아. 그래야 나를 지켜줄 수 있잖아."

결국 고래 총각과 멸치 처녀는 하나의 마음이 되었습니다. 둘은 서로를 의지하며 사랑을 꽃피웠습니다. 하루 종일 둘은 물가에서 놀며 시간을 보냈습니다.

"지금 집에 가야 할 시간이야."
"좀 더 있으면 안 돼?"
"나도 그러고 싶지만 부모님께서 걱정하시잖아."
"그래, 그렇지. 그럼 우리 내일 또 만나자."
"그래, 안녕."

둘은 조금 전에 헤어졌는데도 또 보고 싶은 맘이 금방 생겼습니다.
그래서 고래 총각은 가던 길을 되돌아와 멸치 처녀를 안아주었습니다.
서로 사랑을 하면 한순간도 안녕 하고 헤어지기가 싫은 모양입니다.
그들에게 안녕이라는 단어는 없었습니다. 잠을 자는 시간 외에는 늘 둘은 자석처럼 붙어 지냈습니다.
그들은 결혼하기를 마음먹었습니다.

"우리 평생을 함께 해요."
"좋아요."

그런데 세상을 살다 보면 뜻하지 않는 일이 앞길을 가로막을 때가 있습니다.

그들의 사랑에 위기가 찾아온 것입니다. 고래 집안에서 그 결혼을 극구 반대를 했습니다.

"야, 이놈아! 네가 뭐가 모자라서 그 하찮은 멸치랑 결혼을 한다는 거냐? 절대 그 결혼을 허락할 수 없다."

"전 멸치를 사랑합니다. 그리고 멸치 처녀도 뼈대 있는 집안입니다. 아버님, 사랑보다 중요한 건 없습니다. 왜 내가 그녀를 사랑하면 안 되는 거죠? 전 꼭 그녀와 결혼하겠습니다."

고래 총각의 의지는 강했습니다.

그러나 결혼은 혼자만의 생각으로 결정되는 게 아닙니다. 본디, 결혼이란 한 집안과 한 집안의 만남이기에 참으로 복잡하고 어렵습니다.

"우리 집안은 예로부터 왕족 집안이다. 앞으로 멸치 처녀를 만나지 마라. 앞으로 멸치 처녀 얘기를 한다면 그 집안을 쑥대밭으로 만들어 버릴 거다."

고래 총각은 이 결혼을 포기하기로 마음을 정했습니다.

아버지는 한 번 한다면 하는 성격이라, 멸치 처녀의 집안을 망하게 할 게 분명했습니다. 멸치 처녀의 집안에 아무런 피해가 가지 않기 위해선 어쩔 수 없는 선택이었습니다.

결국 고래 총각은 집안에서 정해준 상어 처녀와 결혼을 하게 되었습니다.

사랑만으로 사랑할 수 없는 현실이 고래 총각에게는 너무나 크나큰 상처로 남았습니다.

물론 멸치 처녀도 고래 총각에 대한 그리움과 원망으로 하루하루를 보냈습니다.

세월이 흘렀습니다. 참으로 많이 흘렀습니다.
고래의 이마에 주름살이 빗금처럼 제법 많이 생겼습니다. 기력이 많이
쇠약해져서 언제 죽을지도 모를 정도였습니다.
고래는 상어와 오랜 시간 동안을 함께 살면서 차마 말 못 할 비밀 하나
를 가슴에 담고 살아왔습니다.
그 비밀은 다름 아닌, 바로 고래의 뱃속에 멸치 처녀가 여태 살고 있었
던 것이었습니다. 고래와 멸치는 차마 헤어질 수 없었기에……

그렇습니다.
사랑 외에 그 무엇이 필요하겠습니까?

사랑은 순수한 사랑일 때가
가장 아름답고 그 사랑만으로도 충분합니다.
순수한 사랑이라면 누구의 가슴이든 여전히 살아 있겠지요.

사람들이 가끔씩 배를 움켜잡고 아파하는 까닭도
뱃속에 아직도 살아 있는 사랑 때문이라고 해요.
그때의 순수를 잊어서는 안 된다고,
그 작은 멸치가 있는 힘껏 배를 걷어차기 때문이라고 해요.
지금 작은 멸치의 발길질이 들리시나요?

그리우냐고 내게 묻는다면

꽃씨 하나가 제법 모양을 찾아갑니다.
옆구리에 잎사귀 하나 달고
머리끝에는 앙증맞게 눈망울을 터뜨립니다.

살아간다는 것이 이처럼
남몰래 가슴 내미는 일임을 알았는지
봉숭아꽃은 모두 잠든 밤에만 까치발로 달님을 그리워합니다.

당신은 떠나면서도
두고두고 당신만을 그리워해 달라는 애원을
꽃씨로 말했습니다.
꽃씨가 잎을 열고 망울망울 꽃망울 피워
나비를 불러댈 때까지 나는 당신의 뒷모습이 그리웠습니다.

내일이면 새끼손톱에 봉숭아꽃잎을 묶으려 합니다.
나비의 날개도 달빛의 그림자도
당신의 향기마저도 함께 칭칭 옭아매려 합니다.
혹시 봉숭아꽃이 내 손톱을 깨물며
아직도 그 사람이 그리우냐고 내게 묻는다면
나는 그저 눈을 감으렵니다.

사랑은 그리움으로 물든 상처라고
굳이 말하지 않으렵니다.

이런 친구 하나 있으면 얼마나 좋을까

별도 달도 침대마저도 잠이 든 깊은 밤,
홀로 잠 못 이루고 뒤척거릴 때가 종종 있습니다.

그때는 아무라도 붙들고 얘기를 나누고 싶어집니다.
굳이 사람이 아니어도 좋다는 생각에
어항 속 금붕어와 대화를 나눕니다.
구멍 뚫린 벽지를 갉아대는 바퀴벌레와도 대화를 나눕니다.
거울 속에 비친 나 자신과도 대화를 나눕니다.
내가 던진 말을 다시 내가 주워 담고
다시 또 건넨다는 게 참 쓸쓸하게 느껴지는 순간
문득 사람이 그리워집니다.
친구가 그리워집니다.

아무 스스럼없이 전화를 걸 수 있는 사람이
더도 말고 덜도 말고
나에게도 한 사람이 있었으면 좋겠습니다.
전화벨이 울리자마자 기다렸다는 듯
내 마음을 다 읽기라도 한 듯
단 한 번의 벨소리에 수화기를 거침없이 드는
그런 사람이 있었으면 좋겠습니다.

"밤이 너무 깊었지? 자고 있었니? 미안해."

굳이 이런 말을 건네지 않아도 될 만큼
편안한 사람이면 더욱 좋겠습니다.
피를 나눈 가족은 아니지만
생사를 함께 한 동지는 아니지만
그 이상의 믿음이 있는
그런 사람이면 더욱 좋겠습니다.

내가 지금 전화를 통화하는 건지
아니면 마주앉아 커피를 마시고 있는 건지
물리적 거리를 생략할 수 있는
그런 사람이라면 더욱 더 좋겠습니다.
오줌보가 꽉 차도 눈을 찔끔 감고
잠시 오줌을 유턴시키고 싶을 만큼
수화기를 놓고 싶지 않은 사람이라면 좋겠습니다.
말을 많이 하기보다는 내 말을 더 들어주고
내 마음의 상처까지도 따뜻하게 치료해주는
안티푸라민 같은 사람이라면 바랄 게 없습니다.

어느덧 두부장수 종소리가 울려 퍼지는
어스름한 새벽녘까지도 서로 미안한 나머지
먼저 수화기를 내려놓을 수 없는,
그러다가 수화기를 베개 삼아 스르르
서로 같은 꿈을 꿀 수 있는

그런 사람 하나쯤 있다면 정말 좋겠습니다.

아침에 일어나도 어젯밤에
서로 섞었던 말에 대해
따지거나 딴죽 걸지 않고 모두 다 이해하고
새로운 하루의 시작을 격려하고 응원해주는
마음 따뜻한 사람이라면 더더욱 좋겠습니다.

그대는 새벽 4시에
전화를 걸 수 있는 친구를 가졌는가.

- 마를렌 디트리히

또 생각하고 말았습니다

지하철 계단을 오르니 첫눈이 오고야 말았습니다.

그리운 이와 함께 맞이하고픈 밤이었는데
참으로 안타깝습니다.
어느새 내 얼굴에 눈꽃이 스며듭니다.
며칠만 지나면 새벽기차 타고
당신을 만나러 가는데 그때 첫눈이 왔으면 좋으련만
눈치도 없이 첫눈은 오고야 말았습니다.

아쉽기도 하고 그립기도 하고
이 생각 저 생각으로 밤을 보내다
그만 몸이 상하고 말았습니다.
어찌나 열이 나는지 몸이 땀으로 범벅이 되었습니다.

아침엔 출근도 하지 못했습니다.
종일 골골대며 당신에게 전화질만 해댔습니다.
거기도 눈이 왔었느냐고,
첫눈이 오면 나처럼 아파할 거냐고
묻고 또 물었습니다.

다음 날에도 또 당신을 생각했습니다.

양치질을 하다가 거울 속에서 당신을 보았습니다.
해맑게 웃으며 내게 손짓하는 것만 같았습니다.
구두끈을 매다가도
당신과 영원한 인연을 꿈꾸기도 합니다.
지하철 계단을 내려가다가도
내 마음도 이토록 당신 안에서 깊어진다면
얼마나 좋을까 괜한 욕심도 키워 봅니다.

당신 향한 그리움,
벌써 내 키보다 훌쩍 더 커버렸습니다.

사랑은 받는 것보다 주는 것이 더 아름답다지만
이렇게 하루도 빠짐없이 모든 걸 다 퍼주다 보니
내 가슴엔 휭한 바람만 가득합니다.

밤늦게 지하철 계단을 오르며
어제와는 다른 달님을 만났습니다.

조금씩 조금씩 여위어가는 저 하늘그림자,
한 달이 지나고 나면 또 어둠에 묻혀버린 그리움이
임산부처럼 다시 또 포만해질 거라 믿습니다.
내 그리움이 넘쳐서 당신에게 전해지길 믿습니다.

사랑에는 한 가지 법칙밖에 없다.
사랑하는 사람을 행복하게 하는 것.

- 스탕달

하루 종일 비가 오고

어제는 하루 종일 비가 왔습니다.
분명 일기예보는 화창할 거라고 말했건만
예측은 보기 좋게 빗나가고 말았습니다.
느닷없이 마음의 창문을 두드리는 가을비였습니다.
이제야 마음을 잡았다 생각했는데
지나가버린 옛 필름이 다시 떠오릅니다.

저녁달, 전봇대, 공중전화, 불 꺼진 창문, 장미 한 송이, 꾸겨진 엽서, 희미해지는 별. 그리고 하염없는 가을비. 하염없는 눈물.

아직도 버리지 못했던 수많은 기억들 때문에 또 하루가 망가졌습니다.

날씨에 따라 마음이 쉽사리 흔들리는 걸 보니 아직도 난 멀었다는 생각을 하게 됩니다. 아직도 홀로서기엔 무리인가 봅니다. 흔하디흔한 가을비인데도 이렇게 창가에 서서 빗방울에 내 넋을 빼앗기고 맙니다. 저 빗방울이 흘러 혹여, 당신에게 가는 건 아닐까 그런 생각을 하게 됩니다.

이 비가 그치면 겨울이 온다고 사람들은 말들 합니다.
가을보다 다소 가볍지만
그 하얀 눈의 무게를 감당할 수 있을지
벌써부터 걱정이 됩니다.

분명 눈이 내리면 옷깃을 세운 당신이 떠오를 텐데. 소복이 쌓이면 당신과 나란히 찍은 지구 한 모퉁이의 발자국이 어김없이 떠오를 텐데.

걱정입니다.
오늘 하루가,
또 내일 하루가 걱정입니다.

어디까지 가야 그대입니까

저 길 모퉁이 돌아가면
행여, 그대 숨결 성큼 오시려나
가슴 언저리에 가슴을 묻고
발길을 재촉합니다.

여기인가,
그대 사라진 끝이 여기인가 했더니
어느새 길은 또 하나의 모퉁이를 잉태하고
지평선 너머로 줄행랑칩니다.

길의 끝은 있기나 한가,
그대의 끝은 어디인가.
언제나 그렇듯 모퉁이를 돌아서면
가장 먼저 맞닥트리는 건
몇 발자국 앞서 간 내 그리움뿐.

더디게, 참 더디게
견디며, 참 견디며
오늘토록 발이 부르텄건만
그대는 없고 바람에 기댄 민들레 한 송이만.

그대여, 어디까지 가야 그대입니까.
오늘도 못난 사내 하나
길모퉁이에서 오도카니 앉아 있습니다.

보여 줄 수 있는 사랑은 아주 작다.
그 뒤에 숨어 있는 보이지 않는 위대함에 견주어 보면.

- 칼릴 지브란

언제까지 그리워해야
그대가 나를 사랑합니까

멀리 있어도
내 그리움이 새벽 물벼락처럼
그대를 몰고 옵니다.
밤에는 아름다운 꿈으로
아침에는 창문을 열고
가슴을 열고
돋아나는 햇살 같은
희망으로
그대를 몰고 옵니다.

얼마만큼 걸어가야
그대에게 닿을지

그대여,
언제까지 그리워해야
그대가 나를 사랑합니까.

| Part 2 |

아직 표현 못 한 설익은 마음들

덜 익은 사과는

입맛에는 별로일 수도 있지만

덜 익은 마음은

오히려 그 누군가의 마음을

더 가까이 끌어당기는 힘이 있다.

완벽할 필요 없다.

부족한 대로 전하라.

그 마음 안에 진심만 녹아 있다면

그걸로 통하리라.

사랑은 온 우주가
단 한 사람으로 좁혀지는 기적

너무나 무거운 말이었기에
그저 눈빛으로 안부만 전했을 뿐
정녕 하고 싶었던 말들은 내려놓지도 못한 채
그 자리를 일어나고 말았습니다.

곧 벚꽃이 지고 나면
그 빈자리엔 아카시아 꽃내음이 금세 메울 거라는,
그저 당연하고 평범한 얘기만 남기고
그렇게 당신 곁을 떠나 왔습니다.

기차를 타고 돌아오는 길,
창밖으로 보이는 바깥세상은 여전히 벚꽃 천지입니다.
아직도 멀었는데, 저 벚꽃이 지려면
아직도 봄이 한창인데 나는 미리 내 마음속에서
저 벚꽃을 떨어뜨리려 했습니다.

왜 그랬던지,
모두 다 몹쓸 그리움 때문입니다.

당신과 함께 하려고 그렇게 기다렸던 봄이었건만
얄미운 봄과 벚꽃은
저희들끼리만 즐겁게 피고 말았던 까닭입니다.

벚꽃이 지면
당신이여, 병실 창밖을 바라보세요.
그리고 하나, 둘, 셋 세어주세요
당신 그리워 흐르는 나의 눈물을……

아프긴 마찬가지입니다.
몸이 아파 힘들어 하는 것과
그런 당신을 멀리서 바라볼 수밖에 없는
내 마음이 모두 다 견디기 힘든 건 매 한가지입니다.

당신에게 힘내라는 말 대신
사랑한다는 말이 더 큰 약이라는 걸 알면서도
차마 당신 앞에서 말을 꺼내지 못한 이유는,
당신을 사랑하기 때문입니다
당신마저도 나를 사랑하기 때문입니다.

별이 지고 나면 어김없이 해가 떠오르듯
아무 일도 아닌 것처럼
당신 곁에 그렇게 작은 일상으로 머물고자 합니다.

저 벚꽃이 지고 아카시아 꽃내음이
당신의 창가에 닿으면 또 올 거니까,
기다려 달라는 약속만 남기고
나는 서둘러 기차를 타고 말았습니다.

사랑함을 숨기고 기다림으로 사는 일이
우리에게는 더더욱 깊은 사랑이기 때문입니다.

절망이는 사랑을 드러낼 능력이 없다.
사랑은 용기 있는 자의 특권이다.

- 마하트마 간디

허수아비의 사랑

가을은 떠났고 사람도 떠났는데
너 여태 거기 서서 뭘 하느냐고 물으니
허수아비는 아무 말이 없네.

마음까지 다 주고 텅 비었으면 됐지,
줄 것이 뭐가 더 있기에 그렇게 서있느냐고,
따지듯 또다시 물으니
허수아비가 그제야 입을 여네.

다 참새 때문이라고,
날개 다친 아기참새가 분명 있을 거라고,
지나가다가 잠시 쉬어 갈지도 모른다고.

계산을 한다면 그건 사랑이 아니라 거래이겠죠.
받기만 한다면 그건 사랑이 아니라 착취이겠죠.
손해 보는 걸 감수하고 주는 걸 아까워하지 않아야 합니다.
우리는 언제 그런 사랑을 할 수 있을까요.
우리는 언제 진짜 어른이 될 수 있을까요.

행복을 찾아 나서는 모든 여정은
결국 사랑을 찾는 길이다.

— 존 T. 월션

목에 걸린 그대

며칠 전에 맥주를 마시다가
안주로 노가리를 먹은 적이 있었습니다.
그 노가리가 어찌나 맛있던지
욕심내어 한 입 가득 넣고 씹다가
그만 가시가 목구멍에 걸리고 말았습니다.

내리 맥주 세 잔을 마시고
연신 사과와 배를 넘겨도
가시는 그 자리에 박혀 꼼짝하지 않았습니다.
목은 점점 따가워지고
밤새 잠을 이루지 못했습니다.

결국 다음 날엔 병원까지 가는 신세가 되었지요.
병원에서 가느다란 핀셋으로 가시를 쉽게 집어내긴 했지만
가시 때문에 얼마나 고생했는지…….

그 작고 하찮은 가시 하나만으로도
하루가 송두리째 무너지는데
어찌 그대라는 거대한 운명을 알고
내 삶이 온전할 수 있겠습니까?

그대는 이미 내 삶의 가시입니다.
넘기려 해도 도저히 넘길 수 없는.

간이역 눈물

새벽기차는 홀로 타지 마라.
그리움이 달빛에 그을려 왈칵 타버린 마음마저도
다 주고 싶더라도 이제 홀로 타지 마라.
혼자 떠나는 그 길은 언제나 서럽기 마련이다.

나도 한때는 새벽기차를 타보았다.
붉게 달아오른 눈동자 달래며 내 청춘 그에게 주려고
잠든 기차를 깨워 어둠 뚫고
홀로 수십 개의 터널을 지나간 적이 있었다.
새벽기차는 여중생 초경처럼 달렸건만
그 사람은 끝내 역에 나오지 않았다.

그럴 줄 알았지만
그럴 줄 알았지만
세상이 미웠고 내가 미웠다.

그러나 마구 달리는 것만으로도 충분했다는 걸
되돌아오는 길에 깨달았다.
쉬지 않고 지나치는 간이역이
수없이도 많다는 사실,
그 서러운 간이역들이 나를 위로해 주었다.

시작, 오늘부터 사랑하기

우리에게 그리 많은 시간이 있지 않습니다.

우리는 시간의 폭과 깊이를 잘 알지 못하기에
언제나 밀물처럼 멀어져 가는
소중한 그 시간들을 붙들지 못합니다.

시간이 흐른다는 건
그만큼 사랑할 시간이 적어진다는 것입니다.
평생 사랑만 하고 살아도 너무나 아쉬운 세월들입니다.

하지만 오늘도 우리들은 마음 한복판엔
미움과 시기와 질투로 가득 메워져 있습니다.

얼마나 안타까운 일인가요.

언제나 그 이상의 사랑으로 되돌아온다는 사실,
그것이 사랑의 진리이지요.

사랑을 한다는 것,
그건 그리 대단한 것으로부터 출발하지 않습니다.

그 마음에 생의 향기를 심어주는 일,
속절없이 흐르는 시간을 함께 묶어 두는 일,
그게 바로 사랑의 시작입니다.

사랑은 천국을
살짝 엿보는 것이다.

- 카렌 선드

아낌없이 주는 것에 대하여

동화책 '아낌없이 주는 나무'는 누구나 한 번쯤은 읽어보았을 겁니다.

나무는 소년을 위해 오늘도 모든 것을 내어줍니다. 나뭇잎으로 왕관을 만들어 주고 그늘도 만들어 주었습니다. 그 소년이 자라 어엿한 청년이 되었을 때도 나무는 청년의 어려운 형편을 알고 기꺼이 열매도 내주었습니다.

또 세월이 흘렀고 청년이 머무를 공간이 필요로 할 때 나무는 주저 없이 자신의 몸을 집의 목재로 이용하라고 했습니다.

결국 나무는 밑동만 있는 보잘 것 없는 존재가 되고 말았습니다. 그런데도 나무의 마음은 그 소년에 대해 한결 같았습니다. 세월이 흘러 소년이 노인이 되었을 때, 힘들어하는 소년을 보며 나무는 기꺼이 밑동까지 내주었습니다.

"힘들면 여기 앉아. 나 괜찮아."

내 것을 아낌없이 내어준다는 것,
그건 사랑의 마음이 전제되지 않으면 힘든 일입니다.
대부분 사람들은 내 것을 내어주는 대신
그에 상응하는 대가를 바랍니다.
사랑도 일종의 거래이고

기브앤테이크(give and take)라 생각하지요.
물론 그게 틀린 말은 아닙니다.
사랑 역시 쌍방 간의 상호작용이며 배려이기 때문이죠.
그럼에도 우리가 아직까지 사랑의 가치를
최고로 쳐주는 이유는 뭘까요?

그 안에 위대함이 있고 진심이 있고
상대에 대한 한없는 배려가 있기 때문입니다.

사랑은 어쩌면 답장을 바라지 않고
쓰는 편지와 같습니다.
사랑은 어쩌면 한없이 퍼주고도 더 줄 것이
없을까 고민하는 엄마 마음인지도 모릅니다.

당신의 사랑은 어떤가요?
주는 것만으로는 만족이 안 되나요.
더 많이 받길 원하나요.

주는 것에 행복을 느끼는 사람은
받는 것 역시 행복할 줄 아는 사람입니다.

시소놀이

사랑이라 말하기엔 너무나 무겁고
좋아한다고 말하기엔 너무나 가볍다.
과연 우리는 지금 어느 쪽으로 기울고 있는 걸까?
이것도 저것도 두려워서
평생 균형만 잡는 일은 없어야 할 텐데…….

가장 훌륭한 고독의 순간은
홀로 있되 둘이 함께 있는 듯한 순간이다.

누군가를 사랑하고 사랑받는다는 건
양쪽에서 햇볕을 쬐듯
서로의 따스한 볕을 나누는 것이다.

- 라파엘로 산치오

익숙한 음악

레코드 가게에서 흘러나오는
빛처럼 빠르고 천둥처럼 요란한 힙합이 귓가에 닿는다.
어깨가 들썩이고 발바닥 밑에 구름이 있는 듯하다.
그러나 살다 보면 기쁨이 채 가시고도 전에
슬픔이 올 때가 있다.
그 아이가 좋아했던 이승환의 노래가 흘러나오는 순간,
나의 발걸음은 멈추고
송사리 같은 눈물이 꼼지락거리기 시작했다.
너도 음악처럼 리플레이할 수 있는 거니. 정말…….

한 번 사랑한 것은 잊을 수 없다.
이미 나의 일부가 되어 있으므로.

사랑이란 자기 자신만큼 그 사람의 가치를 인정하는 것이다.

- 롤로 메이

사람이 그리워도

사람이 몹시 그리워 바닷가에 다녀왔지요.
모래 한 줌 눈과 귀에 담아 돌아왔지요.

잘 다녀왔느냐며 금붕어가 끔벅 끔벅 윙크해댔지요.
딱히 줄 게 없어서 모래 한 줌 내주었지요.
고마웠던지 금붕어가 몸을 뒤척거려 파도를 일으켰지요.

며칠 후,
또다시 사람이 그리웠지요.
바닷가에나 나가 볼까 망설이는데
금붕어가 어항을 세차게 걷어찼지요.
파도소리가 들려 왔지요.
사람이 그리워도
이제 바다에 나가지 말라고,
내가 이제 너의 바다가 되어주겠노라고,
금붕어가 파도를 내게 선물했지요.

슬픔 활용하기

그래요. 잘 살아갑니다.
당신밖에 몰랐고 당신이 아니면
살아갈 수 없다 했지만
어느새 우리는 서로가 없는 삶도
이제 자신의 삶임을 인정하게 되었습니다.

잊는다는 것,
잊어야만 한다는 것,
마음속에서 당신과 함께 했던 시간들을
송두리째 도려낸다는 것,
그것이 차마 불가능한 일인 줄만 알았습니다.

그러나 머리를 베개 밑으로 처박은 채
몇 달간을 그렇게 이불을 다 적시도록
하염없이 울고 또 울다 보니 당신의 모습이
놀랍게도 점점 희미해지기 시작했습니다.
우리에게 있어 헤어짐이란
지울 수 없는 상처라 생각했는데
상처가 이젠 서서히 추억이라는 이름으로
포장되어 다가옵니다.

잊는 것이 가능한 일이라는 생각에 요즘은 더욱 몇 곱절로 힘이 듭니다. 내 자신이 너무 밉습니다. 당신에 대한 나의 사랑이 이 정도밖에 되지 않았나, 부끄러워지고 맙니다. 당신에게 미안하고 내 자신에게 화가 납니다. 진정으로 당신만을 사랑하고 영원히 잊을 수 없다고 고백했던 그날 밤, 분명 달님이 우릴 다 지켜보고 있었을 테니 이제 달님을 어떻게 볼 수 있을는지, 달님 앞에서 어떻게 변명해야 할런지…….

  우물 안에 당신 이름을 묻었습니다.
  당신 이름은 연어 떼처럼
  메아리가 되어 내 빈 가슴을 향해 잇닿습니다.
  하지만 미련 없이 그리움 반대편으로
  내 발걸음을 내딛습니다.

  당신을 잊고자 함이 아닙니다.
  당신을 사랑하지 않아서는 더더욱 아닙니다.
  보여 줄 사랑보다 간직한 사랑이
  더 위대하다는 걸 증명하고자 함입니다.
  언젠가 당신이 삶의 무게에 짓눌려
  물 한 잔 간절히 원할 때
  내가 남겨 두고 온 메아리로
  잠들어 있는 우물을 깨우기 위함입니다.

  왜 이제야 왔느냐고,
  왜 이토록 내 마음을 모르느냐고
  당신의 마음을 부여잡고 흔들진 않으렵니다.

그냥 그대로 내 그리움을 단련하고자 합니다.

어서 목을 축이고 다시 세상의 한복판으로 향하기를,
두 번 다시는 우물가에 오지 않으시기를 바랄 뿐.

혹여 당신이 다시 이곳을 찾는다 할지라도
그 맛 그대로를 드리기 위해
메아리를 멈추지 않고 벽에 부딪치며
우물을 귀찮게 하렵니다.

우물 안에 나를 묻었습니다.
꼭꼭 숨겨 둔 내 그리움, 행여 당신에게 들킬까 봐
가장 밑바닥에 얇게 엎드려 있습니다.

우물 안엔 아직도 당신과 내가 살고 있습니다.

인생이란 그런 것!
기쁨은 잊을 수 없는 슬픔으로 인해 쉽게 사라져 간다.
그럴지만 이런 진실을 아이들에게 미리 알려 줄 필요는 없다.

- 영화 〈마르셀의 추억〉

모든 이들에게 헤이즐넛 향기를

바람이 차갑습니다. 이제 분명 가을인가 봅니다.
가을은 가을이라는 말 안에 있다고 하였던가요.
그렇게 고집을 피우고 어떤 것에게도
양보하지 않을 것 같았던 무더위도
끝내는 가을 로맨스에게 무릎을 꿇고 말았습니다.
나뭇잎은 항복하듯 제 빛을 잃어만 가고
하늘은 멍이 든 것처럼 퍼렇게 물들어 갑니다.

오랜만에 전망 좋은 카페에 앉아 있습니다.
계절과 계절 사이에서
참으로 오랜만에 느껴 보는 여유입니다.
뭐가 그렇게도 내 청춘을 숨을 몰아쉬며
앞으로만 달려들게 하였던가,
급할 것 없는 삶이건만 늘 조급함에 지배당했습니다.
몇 발자국 남보다 앞서는 게 전부는 아닌데
왜 그렇게 그 속도감에 미쳤는지 모르겠습니다.

이제 내 호흡에 맞는 속도로 살아야겠습니다.
가을도 느끼고 커피향도 세상 사람들에게 나누어 주며
그렇게 조금은 늦게.

창밖으로 보이는 나무와 사람들
그리고 톡톡 뛰어다니는 아이들의 웃음소리를 전합니다.
때론 아무 생각이 없다는 것,
그것만큼 평화롭고 아름다운 건 없을 테지요.
내가 아는 모든 이들이 오늘만큼은
소매 끝에서 헤이즐넛 향이 풍기는
그런 여유로운 가을날이 되었으면 합니다.

인생에서 내가 배운 것을 몇 마디로 말하자면 다음과 같다.
"누군가 날 사랑해 주는 날, 그날은 날씨가 아주 좋아!"
나는 이보다 멋진 표현을 모른다.

— 장 개평

조금 멀리서 바라보기

선인장을 한문으로는 쓰면 '仙人掌' 즉, 도를 닦는 사람의 손바닥이라는 뜻입니다. 이 뜻에서 느낄 수 있듯 선인장이라는 이름에 견딤과 영원함이 담겨져 있습니다. 영하 5도의 혹한과 45도의 불볕더위 더군다나 사막과 같은 척박한 땅에서도 뿌리를 내리고 작은 그늘과 꽃을 만들어 내는 그 위대한 생명력은 가히, 놀라운 일이 아닐 수 없습니다.

사랑하는 사람에게 선인장을 선물하세요.
가시도 꽃을 피울 수 있듯
어렵고 힘든 사랑일지라도 꿋꿋하게 일어나
열렬히 다시 사랑하자는 의미입니다.
사막을 지나가는 바람이 선인장 그늘에서
잠시 쉬어 갈 수 있게
나와 나가 아닌 다른 이들에게
더 큰 사랑을 베풀자는 의미입니다.
물을 많이 주면 오히려 뿌리가 썩듯
때론 사랑도 모른 척 가만히 지켜봐 주자는 의미입니다.

몇 해 전에 선물로 받았던 손바닥만 한 선인장 하나,
아직도 그 선인장은 창틀에 서서
오가는 바람을 주워 먹고 있습니다.

그는 떠나갔지만
선인장은 혼자서도 잘 지내고 있습니다.

예전에 당신 앞에서 숨긴 내 눈물을
오늘은 선인장에게 바칩니다.

멀리 떨어져 있어도
서로 같은 생각을 하고 있다면
그건 함께 있는 것과 마찬가지야

- 영화 〈해피 투게더〉

하나로 또 하나 만들기

눈물짓지 마라 금붕어야.

얼마나 큰 상처를 지녔기에 늘 눈물을 달고 사는 거냐.

넌 울지 않았다고 나에게 눈으로 말하지만 그러나 금붕어야, 난 예전부터 다 알고 있었다.

어항에 담긴 물이 전부 너의 눈물이라는 사실을 물을 갈아주지 않아도 어항물이 깨끗했던 이유는, 바로 너의 눈물로 그 어항 안의 물을 정화시킨 까닭임을.

금붕어가 눈물을 흘리는 걸 당신은 보셨는지요.

물속에 언제나 그 눈물을 담고 살아가기에 우리는 금붕어의 눈물을 볼 수 없었을 뿐입니다.

어느 날, 유독 물소리가 거칠어서 어항 안을 보았지요.

한참을 들여다보니 글쎄 금붕어의 눈에서 반짝이는 보석 같은 눈물 한 방울이 흐르는 것이었습니다.

그 눈물을 보는 순간, 깨닫고 말았습니다.

금붕어도 사랑을 한다는 사실을 그리고 이별의 아픔도 가슴에 지닌다는 사실을요.

얼마 전에 늘 함께 했던 금붕어 한 마리가 죽었던 것입니다.

아마도 그렇게 비좁았던 어항 속도 홀로 남은 금붕어에겐 참으로 넓게 느껴졌을 것입니다.

함께 했던 이를 떠나보낸다는 것, 그것이 어찌 사람의 일이라고만 할 수 있겠습니까?

말을 하지 못할 뿐 그들은 말보다 더 큰 영혼을 나누고 있었던 것입니다.

내일은 어여쁜 은붕어 한 마리를 사러 나가볼까 합니다.

둘이 섞이면

그리움과 사랑,
그 두 개의 빛깔이 물속에 잠겼습니다.
물속에서 두 개가 섞입니다.
어떤 빛깔로 변할까요?
진한 쪽이 약한 쪽을 물들이겠지요.

지금 그대는
어느 쪽의 빛깔이 더 진한가요?

그리움이 진하면 어떻고
사랑이 진하면 어떤가요.
어차피 그리움과 사랑은 동의어인데
굳이 그걸 따져서 뭐하겠습니까.
다만 그리움도 사랑도
나 혼자만의 것이 아니길 바랄 뿐이죠.

참으로 한 사람을 사랑하면 모든 사람을 사랑하고, 세계를 사랑하고, 삶을 사랑하게 된다.

- 에리히 프롬

기다림을 없애는 방법

지구가 둥글다는 건 언젠가는 만난다는 이야기겠지.
굳이 걷지 않아도 굳이 달리지 않아도 인연의 끈을 놓치지 않는다면
언젠가는 지구의 한 모퉁이에서 다시 만난다는 이야기겠지.
어느 시인이 그랬다지.
  잠자리의 날개가 스쳐 바위가 가루가 될 즈음, 한 번 찾아오는 것이 사
람의 인연이라고.
  외우고 있던 좋은 시구 하나가 내가 살아 있음을 깨닫게 하고 또한 나를
살게 한다.

사랑은 상실이며 희생이며 단념이다.
자신의 모든 것을 주었을 때 사랑은 더욱 풍요로워진다.

- 칼 구츠코

| Part 3 |

깊어진 만큼 아픈 줄도 모르고

깊은 물속으로 들어가면
몸이 점점 잠긴다.
몸이 잠기다 보면
숨이 막히고 순간 두려워진다.
그렇다고 멈출 수도 없다.
저 강물을 건너가야 하기에.

사랑은 깊어질수록 때론 아프다.
그렇다고 멈출 수 없지 않은가.

우리 둘 사이에
비집고 들어올 틈이 없다

참사랑은 어린아이의 마음과 같습니다.
순수와 정직과 진실로 사랑을 해야 합니다.
그래야 그 사랑이 어느 먼 훗날, 다시 만나도 낯설지 않고
긴 세월을 뛰어넘는 위대함으로 다시 태어날 수 있습니다.
만남은 영원할 순 없지만 사랑은 영원할 수 있습니다.
서로의 만남 속에 이기와 욕심과 계산이 꿈틀거린다면
그 만남은 그저, 만남을 위한 형식에 불과합니다.

사랑을 한다는 것,
 그것은 내 안에 어린 시절의 나를 언제나 간직한다는 것입니다.
 흙을 만지고, 딱지치기를 하고, 구슬 놀이하며, 종이인형에 옷을 입혔던
그 순수함으로 상대방을 사랑해야 합니다.
 그래야 설령, 이 생이 다해 다른 생의 어느 곳, 어느 시점에서 상대방을
다시 만난다 해도 서먹함 없이 그저 침묵으로도 서로에게 나무그늘 같은
편안함이 될 수 있습니다.

어른이 되어버린 지금, 얼마나 우리는 어리석었던가요.
 하루라도 빨리 어른이 되고자 했던 바람.
 하지만 그 성장이 이제는 겁이 납니다.

늙는다는 것이 겁이 나는 것이 아니라 내 안에 어린 내가 점점 사라지기 때문입니다 그 순수한 마음이 지워지기 때문입니다.

아, 세월이여! 더디게, 아주 더디게 오시길.
오늘도 참사랑을 갈구하며 어린아이로 다시 돌아가는 맹랑한 꿈을 먹어 봅니다.

사랑이란 나의 가슴 안에
그 사람이 들어올 수 있도록
문 하나를 만들어 주는 것.

- 미셸 드 몽테뉴

킹콩이 자기 가슴을 치는 이유

킹콩이 왜 자기 가슴을
마구 치는지 당신은 아시나요?

킹콩은 사랑을 아는 것이지요.
아니 지독한 그리움을 아는 것입니다.

수많은 별들이 창틀의 새벽 햇살로 바뀌는 그 순간까지
단 한 번이라도 밤새 누군가를 그리워해 본 사람이라면
왜 킹콩이 자신의 가슴을 마구 치는지
그 이유를 아실 겁니다.

내 안에 있는 한 사람,
그리움으로도 다 말할 수 없는 그 한 사람,
내 안에서 곤히 잠이 든
그 한 사람을 깨우기 위해
킹콩은 하염없이
그렇게 자신의 가슴을 때리고
또 때렸던 것이었습니다.

나는 사람들에게 부끄럽지 않은
인간으로 기억되고 싶다.
그러나 내가 사랑했던 사람에게는
그저 사랑스러운 한 여자로
기억되고 싶다.

- 그레이스 켈리

스스로 젊다고 말하기에 어색한 나이

세월도 일상도 나무도 꿈도 그리고
나의 사랑도 이제 무겁습니다.
서른을 훌쩍 넘었지만
그래도 서른이란 상징적인
그 무게감 앞에 괜스레 한숨이 나옵니다.

자기 나이를 받아들인다는 것,
이 얼마나 무거운 숙제인가요!

이제 사소한 감정에 내 마음을
쉽게 빼앗겨서는 안 될 것 같습니다.
갑작스레 비라도 내린다고
눈물을 흘려서도 안 될 일입니다.
말 한 마디를 내뱉어도 다시 한 번
생각을 곱씹어야 합니다.
눈을 크게 뜨고 때와 장소에
상관없이 늘 당당해야 합니다.
감성을 믿기보다 지식과 지혜로
세상에 맞서야 합니다.
한 가정의 가장이 된다는 것을
당연히 받아들여야 합니다.
어렵게만 느껴지던 경제 신문도
가끔은 들처볼 일입니다.
사랑은 가볍지 않게 미련은 더욱 간결해야 합니다.

나이의 무게,
내 삶을 규제하는 것 중에
이만한 게 또 어디 있겠습니까.

이 밤, 이 노래가 떠오르는 건 왜일까요.
누군가가 내 나이를 물을 때
늘 이 노래가 떠오릅니다.

김광석의 노래 〈서른 즈음〉

또 하루 멀어져 간다. 내뿜는 담배 연기처럼
작기만 한 내 기억 속엔 무얼 채워 살고 있는지
점점 더 멀어져 간다. 머물러 있는 청춘인 줄 알았는데
비어가는 내 가슴속엔 더 아무것도 찾을 수 없네.
계절은 다시 돌아오지만 떠나간 내 사랑은 어디에
내가 떠나보낸 것도 아닌데 내가 떠나온 것도 아닌데
조금씩 잊혀져 간다. 머물러 있는 사랑인 줄 알았는데
또 하루 멀어져 간다. 매일 이별하며 살고 있구나.

**또 하루 멀어져 가고 나이는 익어가고
철없음은 지속되는 덧없는 하루입니다.**

나 그대이니까요

그대 앞에만 서면
어느새, 나는
아기바람에도 흔들거리는 작은 꽃잎이 됩니다.

당당해지자고
다짐하고, 또 수백 번 입술을 깨물어도
언제 그랬느냐는 듯
그대 앞에선 막 깨어난 해당화처럼
내 청춘 붉게 물들고 맙니다.

늘 몇 칸의 보도블록 사이에 두고
그대의 속도에 맞춰 조심조심 내딛는 발걸음
그러다가도 행여
들킬세라 전봇대만 찾아 헤매는 못난 그림자

그대 그리며 돌아오는 길목에서
정처 없는 한 줌의 바람을 사랑하게 되었고
마음을 다 주고 텅 빈 채로 살아가는
겨울나무를 사랑하게 되었으며
새가 떠나며 남기고 간 깃털에 입 맞추기 시작했습니다.

그대여,
굳이 그대 마음 안에
머물지 못해도 상관없습니다.
바다 위에서
그리고 밑에서
작은 물방울로 산산이 부서져도 괜찮습니다.

만나야 할 사람은
언젠가는 만나기야 하기에

나 그대니까 행복합니다.

사랑하는 것만으로는 부족하다.
상대가 사랑받고 있다고 느낄 때까지 사랑하라.

- 조반니 보스코

세상에서 가장 아름다운 사랑

근사한 카페에서 젊은 연인들이 마시는 커피보다
당신이 자판기에서 뽑아 준 커피가 더 향기롭습니다.

술자리에서 피우는 담배보다
식사 후에 당신이 건네는 냉수 한 잔이 더 맛있습니다.

모피코트를 입은 사모님보다
무릎이 튀어나온 운동복을 입은 당신이 더 아름답습니다.

갈비찜을 잘 만드는 일류 요리사보다
라면을 푸짐하게 끓이는 당신이 더 위대합니다.

허리가 으스러지도록 껴안는 젊은 연인보다
오늘 하루도 수고하라며 도시락을 내미는
당신의 손이 더 뜨겁습니다.

사랑한다는 말을 영혼 없이 내뱉는 일회적 사랑보다
늘 머리를 긁적이며 미소를 짓는 당신이 더 영원합니다.

괜찮다, 이 정도는 괜찮다 하면서
결국엔 응급실로 실려 간 당신의 고집이 더 감사합니다.

낡을 대로 낡은 청바지를 입다가 찢어졌는데도
요즘은 찢어진 청바지가 유행이라며
피식, 웃고 마는 당신의 가난이 더 위대합니다.

가진 것 없고 내세울 것 없고
어눌하지만 그래도 마음 하나 통한다는 것,
마음 하나 헤아린다는 것, 마음 하나 위해준다는 것,
그게 별거 아니지만 결국은 전부입니다.

전부를 다 가진 고마운 사람,
전부를 다 가진 행복한 나,

세상에서 가장 아름다운 사랑은
바로 내 옆에 있는 소중한 당신입니다.

사랑의 유효기간이 있다면 만 년이고 싶다

당신은 그 흔한 겨울바람에도 백기를 들고 말았습니다.
콧물 몇 방울 흘리면 될 것을,
기침 몇 번 뿌리면 나을 것을
당신은 시위라도 하듯 또 몸져눕고 말았습니다.

어느 날, 당신은 갑작스레 고백할 것이 있다며 말했지요.
나를 만나기 전부터 줄곧 아팠다고,
그래서 많이 지쳐 있다고,
그러니 앞으로 더 힘들지도 모른다고,
원한다면 떠나라고,
자신이 없다고,
잘해줄 자신이 없다고.

그 말을 듣는 순간, 난 아랫입술을 떨기 시작했지요.

당신만 바라봤던 못난 내 자신이
너무나 서러워서 그랬을까요?
아니면 당신이 애써 감췄지만 흐르고 만
눈물 몇 방울 때문이었을까요?

집으로 오는 길 내내,
아랫입술은 여전히 떨고 있었지요.
무슨 말을 하려고 그랬던 걸까요.

굳이 당신에게 아무 말도 하지 않은 채
뒤돌아 선 이유는
이미 당신은 내 마음을 아프게 하였기 때문입니다.
아픈 당신이 힘드실까 봐
내 고통은 보이고 싶지 않았을 뿐.

많이 주고 적게 얻으면
언젠가는 다시 내게로 오리라 믿었습니다.
적어도 내가 준 만큼이라도 되돌려 받을 거라 믿었습니다.
하지만 그렇지 않더군요.
그리움은 그런 게 아니더군요.
퍼줘도, 끊임없이 퍼줘도 바닥이 드러나지 않는 것이
그리움이란 걸 이제야 알았습니다.

내가 그리워하는 당신,
그런 당신이 나만을 그리워했다면
내가 그리워할 이유가 없었겠죠.

긴 밤의 고통을 차라리 견디겠습니다.
귀뚜라미를, 전봇대 아래 골목길을 사랑하겠습니다.
차라리 당신의 외면을 외면하겠습니다.

박쥐가 겨울잠을 자는 모습이 편하고 평화롭게 보이지만
사실은 추위와 배고픔을 견디기 위한
처절한 몸부림을 나는 압니다.
견디는 자만이 봄 햇살을 먹을 수 있다는 걸 나는 잘 압니다.
기다리겠습니다. 견디겠습니다.
다만 당신이 요즘 느껴지는 사랑이
예전에 내가 보냈던 그리움이라는 사실을
알아주길 바랄 뿐입니다.

전 괜찮습니다. 당신만 허락한다면.

사랑의 불길은 그것을 알아차리기 전에
이미 마음을 태우고 있다.

- 마르그리트 드 나바르

눈을 떴을 때 내 옆에 네게 있기를

가까이 있기에, 너무 가까이 있기에
혹여 당신이 그 간절한 사랑을 볼 수 없음을 아시나요.

달님이 전봇대에 걸렸다 하여
그림자는 그저 사라지고 마는 것이 아닙니다.
날이 저물수록 그림자는 더욱 진하고
애타게 당신 곁으로 다가오는 것입니다.
그러다 어느 순간이 오면
그 존재조차 거침없이 포기한 채
당신에게 물들고 마는 것,
그것이 그림자의 하얀 마음입니다.

볼 수 없다고, 만질 수 없다고, 느낄 수 없다고,
그저 투정만 하고 화를 내고
안타까워할 일만은 아닙니다.

이미 당신 안에 있습니다.

당신을 사랑하는 내 마음은
이미 당신 안에 꿈틀거리고 있습니다.

가까이 있기에, 너무 가까이 있기에
당신은 당신 안에 포개져 있는 사랑을 볼 수 없을 뿐입니다.
당신이 볼 수 없는, 그 가까운 곳에서
밤을 하얗게 지새우는 반쪽 그림자,
그것이 나입니다.

가까이 있기에, 너무 가까이 있기에
당신이 볼 수 없는 그리움 하나 그것이 나랍니다.

이런 말이 있습니다.
행복은 손만 뻗으며 가까운 곳에 있다고.
사랑도 마찬가지입니다. 왜 당신은 그걸 모르시나요.

멀리 있어서 그리운 게 아니라
가까이 있지만 함께 할 수 없어 그리운 것입니다.
늘 곁에 있지만 더 사랑할 수 없어서
외로운 것입니다.
먼저 말을 걸면 될 것을 자존심을 세우다 보니
거리가 멀어지는 것입니다.
작고 하찮은 것에 더 충실하고
그것에 대한 소중함을 느끼며 사는 게
진짜 행복이고 진짜 사랑입니다.

당신의 눈앞에 내가 있습니다.
당신의 눈앞에 사랑이 있습니다.

당신에게 시로 내 마음을 전합니다.

사랑은 언제나 가까운 곳에 있다

여태 살면서 누군가를 사랑했느냐고
바람이 당신에게 묻는다면
새벽기차를 타고 주저 없이 떠나라

차창 밖으로 스쳐 지나간 허수아비를 사랑했고,
저만치서 따라오는 구름향기를 사랑했고,
손톱 끝을 갉아먹는 봉숭아 꽃물을 사랑했으며,
덜컹거리는 고래 안에서
이름 모를 소녀의 눈망울을 사랑했었노라고 말하여라

그러고도
다시 바람이
진정으로 누군가를 사랑했었느냐고
따지듯 또다시 묻는다면
그때는 주저 없이 당신의 무릎을 바쳐라

가장 낮은 곳에서 사랑할 수 있음을
한 사람만을 바라보고 살 수 있음을
그리하여 다 퍼 주고,
다 바쳐도 아깝지 않음을 하염없이 고백하여라

그러고도
또 바람 같은 그 사람이
당신에게 누군가를
진정으로 사랑했었느냐고 다시금 묻는다면

그때는 뒤돌아보지 마라
이제는 먼 길을 떠나지 마라
늘 그렇듯
사랑은 언제나 가까이 있는 법

당신에게 사랑을 묻는 그 사람이
두 번 다시는 만나지 못할,
이 생에서 단 한 번뿐인 인연일지도 모른다
어쩌면 꼭 만나야 할 사랑인지도 모를 일이다

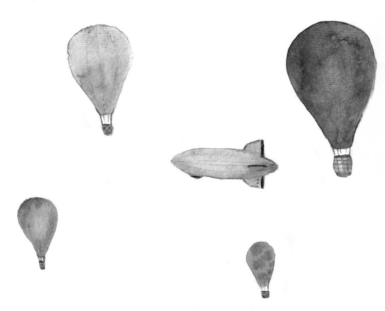

어릴 때는 지나가는 모든 사람이 나를 봐 주었으면 했어요.
하지만 지금은 오직 한 사람만 나를 바라봐 주었으면 해요.
그것이 사랑인가요?

- 마릴린 먼로

그대, 겨울 없는

누가 하늘항아리를 뒤집어 놓은 걸까.
함박눈이 전봇대 무릎까지 잡아먹었다.
자동차는 제자리에서 엉덩이를 간 채
벌써 몇 시간째 붕붕붕, 방귀를 뀌어 댄다.
사람의 발자국은 서서히
지구 한 모퉁이의 추억으로 사라지고
거리에는 아이의 웃음소리만이 총총총 뛰어 다닌다.

오도카니 창가에 앉아
한가히 나는 감자를 까먹는다.
살아왔던 날들이 팍팍했던 걸까.
문득, 설탕이 그리워진다.
난 창밖으로 감자를 길게 뻗어 설탕을 찍어먹는다.
겨울이 맛있다 세상이 달콤해진다.

늘 그렇듯
삶이란 뒤집어지기 마련.

어느새 달콤함은 쓸쓸함으로 치환되고
겨울밤은 우물처럼 깊어진다.
나는 또 이 밤을 어찌해야 하는가.
창밖에는 달님만 덩그러니 걸려 있다.

꽃을 사랑한다 말하면서도
물 주는 것을 잊는 사람을 본다면
그가 꽃을 사랑한다고 믿지 않을 것이다.
사랑은 사랑하고 있는 사람의
생명과 성장에 대한 적극적 관심이다.

- 에리히 프롬

언젠가는 만나야 할 사람

나는 사랑한다.
이 세상에서 마지막으로 존재하는 것을 사랑한다.
길모퉁이를 돌아서
두 눈을 부릅뜨고 달려드는 막차를 사랑하고
새벽이슬을 뒤섞어 마시는
맑디맑은 마지막 소주를 사랑하고
쓸쓸한 겨울 바닷가의 모래사장에
누군가가 남기고 간 마지막 발자국을 사랑한다.

나는 사랑한다.
이 세상에 둘도 아닌 유일한 것만을 사랑한다.
첫날밤을 훔쳐보듯
밤하늘에 구멍 낸 달님의 눈빛을 사랑하고
아버지와 쏙 닮은 올챙이 같은 내 배꼽을 사랑하고
밤새 긁적거린 시 한 편과 함께
나란히 누운 새벽녘의 쓸쓸함을 사랑한다.

나는 사랑한다.
이 세상 마지막이면서도 단 하나뿐이기에
감히, 거역할 수 없는

그리하여 언젠가는 꼭 만나야 할
그 사람을 나는 사랑한다.
눈에서 가슴으로 스미는
눈물 같은 그 한 사람만을 노을빛처럼 사랑하련다.

미숙한 사랑은
'당신이 필요해서 당신을 사랑한다.'고 하지만
성숙한 사랑은
'사랑하니까 당신이 필요하다.'고 한다.

- 윈스턴 처칠

우리가 이별에 대처하는 자세

비행기가 코끝에 매달렸다면 믿으시겠습니까?
하루에도 수십 번 비행기는 내 콧날 위를 날아다닙니다.
가끔은 비행기의 방귀소리에 잠이 깨기도 하지만
그래도 행복합니다.

화곡동.

서울 공기를 마신 지 몇 해가 지났습니다.
이제 서울 생활에 적응이 될 법한데
여전히 낯선 섬에 버려진 맥주병 같습니다.

고향의 허름한 내 방이 생각납니다.
언제나 밤이었지만 그러나 줄기차게 햇살 같은 꿈이 숨 쉬었던 방,
창틀에 아슬아슬 서 있던 메마른 선인장,
사람들의 무릎이 보이던 창문,
천장에 붙어 있던 랭보의 시,
문고리에 걸려 있던 색 바랜 은행잎,
한구석에 너부러져 있던 자장면 그릇.

그 사물들과도 헤어지는 게 이리 가슴 쓰린데
하물며 사랑하는 사람과 이별을 한다는 건 얼마나 아플까요.

이런저런 생각을 하다 스르르 잠이 듭니다.
코끝엔 걸린 비행기를 타고 그 방으로 여행을 떠납니다.

사랑은 눈 먼 것이 아니다.
더 적게 보는 게 아니라 더 많이 본다.
다만 더 많이 보이기 때문에
더 적게 보려고 노력하는 것이다.

- 줄리어스 고든

다 주기 또 주기 더 주기

장미가 왜 붉은지 아십니까?

사랑이 화신인 큐피드가 그만 실수로 화살을 비너스의 가슴에 쏘고 말았습니다. 화사를 맞은 비너스는 거역할 수 없는 사랑의 열병을 앓게 되었습니다.

비너스가 사랑하는 대상은 바로 미소년인 아도니스였습니다.

어스름한 달빛 숲 속에서 아도니스의 사냥하는 용맹스러운 모습을 보고 비너스는 한 올도 남김없이 모든 마음을 아도니스에게 주고 말았습니다.

"저렇게 멋진 분은 처음이야. 내 영혼, 내 육체, 내 모든 것을 저분께 드리고 싶어. 내 생이 다하는 그날까지 저분과 함께 할 수 있다면 얼마나 좋을까."

비너스는 매일 아도니스를 따라다녔습니다. 그리고 아도니스에게 고백을 했고 사랑을 주었습니다. 아도니스 곁엔 언제나 비너스의 사랑과 그리움이 머물렀습니다. 그러나 아도니스는 쉽게 마음의 문을 열지 않았습니다.

그러던 어느 날, 아도니스가 숲 속을 거닐고 있는데 갑자기 뒤에서 멧돼지 한 마리가 그를 향해 저돌적으로 달려드는 것이었습니다.

그 광경을 목격한 비너스는 아도니스에게 크게 소리쳤습니다.

"아도니스, 어서 피해! 멧돼지가 오고 있어!"

그러나 아도니스는 그 소리를 못 들었는지 아무런 반응이 없었습니다. 비너스는 온힘을 다해 달렸습니다. 아도니스를 구하기 위해 그를 감싸 안으려 했던 것입니다. 그러나 이미 상황은 끝나고 말았습니다. 멧돼지는 아도니스를 덮치고 말았습니다.

결국 아도니스는 멧돼지의 공격으로 그 자리에 숨을 거두고 만 것입니다.

비너스는 하늘이 무너지는 슬픔이 밀려왔습니다.

비너스는 다시는 돌아올 수 없는 사랑을 보며 울부짖었습니다.

"왜 먼저 가는 거야. 왜 나를 두고 이렇게 먼저 가는 거야."

슬픔에 젖은 비너스는 한동안 그 자리를 뜨지 못했습니다. 그런데 비너스 옆에 붉은 장미 한 송이가 곱게 피어 있는 것이었습니다. 그 붉은 장미는 원래 백장미였는데 비너스가 아도니스를 구하기 위해 뛰어들다가 장미 가시에 찔려 피를 흘렸습니다. 그 피가 백장미를 붉게 물들었던 것입니다.

이토록 아름답고도 슬픈 장미의 전설을 아는지 모르는지, 오늘도 수많은 붉은 장미가 연인들의 사이에서 오가고 있습니다. 그저, 장미가 붉다는 게 활활 타오르는 사랑이 전부는 아닐진대! 말 못 할 슬픈 그리움 그리고 거역할 수 없는 순백의 흐느낌까지도……. 우리들은 온 마음으로 느끼며 사랑하고 있는지 붉은 장미를 보며 되돌아봐야 합니다.

마음을 새긴 편지

예전에 온 국민의 눈물샘을 자극한 영화 '편지'를 생각합니다.

박신양과 최진실의 사랑과 이별의 이야기를 편지라는 매개체로 애틋하고 아름답게 펼쳐진 한 폭의 수채화 같은 최루성 영화이지요.

국문과 대학원생 정인(최진실)과 임업연구소 연구원 환유(박신양)의 만남은 우연적인 운명입니다.

정인의 지갑을 환유가 찾아준 것을 계기로 서로 사랑하는 사이가 된 두 사람은 축복 속에서 결혼합니다. 환유가 일하는 수목원 관사에 신혼의 보금자리를 꾸밉니다.

마음과 마음을 엮어 함께 산다는 것,
그것만큼 이 세상에 행복한 일은 없습니다.

행복한 신혼생활을 보내던 어느 날, 환유는 뇌종양에 걸린 것을 알게 됩니다. 그는 죽음을 의연하게 받아들이며 자신이 죽고 나면 홀로 남을 아내 정인을 위하여 편지를 씁니다.

환유가 세상을 떠나고 난 후, 정인 앞으로 생전에 쓴 남편의 편지가 도착합니다. 편지는 한 통으로 끝나지 않고 계속해서 날아옵니다. 아내는 그 시공간을 초월한 편지를 읽으며 먼저 간 남편을 그리워합니다. 편지 한 통으로 이어진 영원한 사랑, 사랑은 그렇게 우리의 곁에 영원히 남아 있습니다.

단 한 번도 후련하게 마음을 전하진 못했지만 누군가를 그리워한다는 것만으로도 가슴 뛰었던 그 시절, 그 아름다운 시절이 점점 사라지는 것 같아 씁쓸합니다.

 오늘 사랑하는 이에게 편지 한 통을 써보는 것이 어떨까요?
 먼 훗날, 다시 펼쳐 읽어도
 당신의 고운 마음이 고스란히 남아 있는
 연필 꾹꾹 눌러쓴 그런 편지를.

나를 있는 그대로 사랑해 주는 사람을 떠나는 것,
　그것이야말로 인간이 세상을 살아가면서
　　받을 수 있는 가장 근사한 선물이다.

- 때디 S. 웰스

편지에는 향기가 있다

편지에는 향기가 있습니다.

사랑의 향기,
진실의 향기,
감사의 향기
그리고 사람의 향기

편지를 쓰는 사람과 편지를 받는 사람에게선
그들만의 향기가 있습니다.

밤을 꼬박 지새웠지만
정작 하고자 했던 그 말은 차마 쓰지도 못하고
그저 잘 지내느냐고 안부만 물었던 볼품없는 편지,

그 어설픈 편지를 받았음에도 불구하고
말하지 못한 마음까지도 다 읽어내
눈물까지 글썽거리는,
우리는 그 둘만의 향기를 흔히 사랑이라 말합니다.

당신에게도 향기가 아직도 남아 있는 편지가 있는지요.

당신 손바닥 위에 우표도 없는 쪽지편지를 살짝 올려놓고 뭐가 그리 바쁜지 골목길 끝으로 사라져버린 아이가 있었는지요.

지금 부엌에서는
보리차가 끓고 있습니다
보리차가 주전자를 들었다 놨다 합니다
문틈으로 들어온
보리차 냄새가 편지지 위에서
만년필을 흔들어 댑니다
'사랑합니다.'란 글자
결국 이 한 글자 쓰려고 보리차는 뜨거움을 참았나 봅니다

밤새도록 설레는 마음으로 한 줄, 한 줄 써 내려가지만 아침에 보면 얼굴이 붉게 물들어 휴지통에 넣고 마는 그 안타까움, 그렇게 전하지 못한 편지는 차곡차곡 쌓여 가고……. 하지만 그 시절만큼 순수하고 고귀한 적은 없었던 것 같습니다.

어느 곳에서든지 신을 본 사람은 없다.
그러나 만약 우리들이 서로 사랑한다면 신은 우리들 가슴에 머무를 것이다.

- 레프 톨스토이

지금 사랑하는 사람과 지내고 있나요

폴란드 에릭이라는 왕이 나라를 다스렸을 때의 일입니다.

바사 공작은 반역죄로 감옥에 수감되었습니다.

감옥에 있는 동안 바사 공작은 괴로워했습니다. 감옥생활에서 느끼는 고통과 절망감은 어떻게든 참고 견딜 수 있었지만 자기 때문에 고생하고 있을 아내인 카타리나 자겔로에게 한없이 미안했습니다. 또한 아내가 너무나 간절히도 그리웠습니다.

"부인, 보고 싶소. 잘 지내고 있소?"

감옥 밖으로 보이는 새를 볼 때마다 그는 한 마리가 새가 되고 싶었습니다.

"내가 새라면 당장 당신에게로 날아갈 수 있으련만."

아내에 대한 그의 사랑이 깊듯 아내 또한 그에 대한 사랑이 깊었습니다.

"여보, 당신이 감옥에서 고생하시는데 어찌 제가 이곳에서 편안하게 지낼 수 있겠습니까?"

아내는 늘 남편만 생각하면 미안했습니다.

그러던 아내는 중대한 결정을 했습니다.
바로 남편과 함께 감옥에 있기로 한 것입니다.
아내는 왕을 찾아갔습니다.

"폐하, 한 가지 청이 있습니다."
"말해보시오."
"저는 지금 감옥에 있는 바사 공작의 아내입니다."
"뭐요? 그런데 무슨 일로 나를 찾아온 거요?"
"저는 남편과 함께 있고 싶습니다. 저를 감옥에서 지내게 해주십시오."

왕은 눈살을 찌푸리며 말했습니다.

"부인, 지금 제정신이오? 지금 바사 공작은 종신형이오. 한 번 감옥에 갇히면 두 번 다시는 이 세상의 빛을 볼 수 없이 그곳에서 평생을 살아야 하오. 그리고 바사 공작은 더 이상 공작이 아니오. 반역죄인일 뿐이오. 그러니 어서 돌아가시오."

그러나 아내는 왕에게 간곡히 부탁했습니다.

"다 알고 있습니다. 남편이 반역죄이면 아내인 저도 같은 죄입니다. 그러니 저도 감옥에 넣어주십시오. 남편과 함께 있게 허락해주십시오. 남편이 죄인이건 아니건 어쨌거나 그와 저는 사랑을 맹세한 부부입니다. 함께 있도록 하락해주십시오."

왕은 고개를 내저으며 말했습니다.

"그럴 순 없소. 당신은 분명 죄인이 아니오. 죄인이 아닌 사람을 어떻게 감옥에 넣을 수 있소. 그건 안 되는 일이오."

아내는 손가락에 끼고 있던 반지를 꺼내 왕 앞에 내놓았습니다.

"아직도 반지는 영원합니다. 우린 죽을 때까지 한 몸입니다."

왕은 하는 수없이 아내의 부탁을 들어줄 수밖에 없었습니다.

결국, 아내는 남편 곁으로 갈 수 있었습니다. 비록 자유로운 몸이 아니지만 또한 감옥생활이 힘들고 고달팠지만 그래도 아내는 행복했습니다. 남편과 함께 있다는 것만으로 모든 고통과 어려움을 참아낼 수 있었습니다. 남편도 마찬가지였습니다. 아내의 깊고 위대한 사랑에 하루하루 힘을 낼 수 있었습니다.
17년 후 왕이 죽자, 그 둘은 함께 석방되어 마침내 자유의 몸이 될 수 있었습니다.

언제나 함께 하고자 하지만
언제부턴가 우리 사이엔 보이지 않는 틈이 생깁니다.

애틋함이 사라지고
간절함이 희미해지고
뜨거움도 식어버립니다.

늘 먼저 와 주길 바랐고 준 사랑보다 더 많이 사랑받길 원했고 소원해지
는 관계를 그저 방치했고 처음의 맹세는 헌신짝이 되었고……

사랑하기 위해서 함께 하는 게 아니라
함께 하기에 사랑해야 함을 몰랐습니다.

우리도 언제나 그들처럼 시작할까요.
그들처럼 하나가 될까요.

사랑은 자신을 보다
더 넓은 어떤 곳으로
놀려내는 그 무엇이다.

- 라이너 마리아 릴케

어디론가 떠날 거야

홀로 길을 떠난 적이 있었습니다.

밤기차를 타고 버스를 타고 그리고 해남 땅끝마을에서
다시, 배를 타고 한 40여 분을 더 아래로 내려갔습니다.
바닷바람은 참으로 차가웠습니다.
우리가 살면서 바닷바람을 맞는 일이 과연 며칠이나 될까요.

일탈 혹은 방황.

오랜 시간을 걸려 도착한 곳은 '보길도'라는 아담한 섬.
갈매기가 있고 자갈이 있고 내 자취방 같은 민박집도 있었습니다.
그곳에서 남도의 냄새를 맡으며 바다의 밤을 맞이했습니다.
밤새도록 백사장을 거닐고 싶었고
갈매기 다리에 쪽지편지라도 매달고 싶었지만
문득 혼자라는 생각에 덜컥 겁이 나기도 하고 쓸쓸했습니다.
방구석에서 오도카니 앉아 천장만 멍하니 바라보기만 했습니다.

혼자 여행을 간다는 것.

일상에서 벗어나 기쁨도 크지만

내 곁에 누군가가 없다는 서글픔을 더 강하게 확인하는 계기.
보길도가 나를 더욱 외로운 존재로 만들고 말았습니다.
다시는 혼자 여행을 떠나지 않으리라.

올해도 벌써 여름이 눈앞으로 다가왔습니다.
이 여름에 분명 나는 또 어디론가 떠날 것입니다.
여태 누군가와 함께 가기로 정하지 못했습니다.

혼자만의 여행,
그 아득한 외로움 속으로 또 갈 것이 뻔합니다.
철저히 혼자라는 걸 뼈저리게 느끼게 만드는 혼자만의 여행,
그 여행에 어느덧 익숙해졌고
그게 습관이 될까 봐 걱정이 됩니다.

사랑하기 때문에 잃는 것은 하나도 없다.
사랑을 표현하지 않고 감출 때
우리는 많은 것을 잃게 된다.

- 바바라 디 엔젤리스

| Part 4 |

눈물의 키가 자라는 동안

이따금씩 한두 방울이라면
그대로 스며들고 만다.
그러나 계속 흐르면
그 눈물은 탐처럼 쌓이게 된다.

살면서 울고 싶지 않은 날이
과연 며칠이나 될까.
그렇지만 살고 있다.
눈물 또한 인생의 일부가 아니던가.

우체국 가는 길

이른 아침에 우체국에 갑니다.
출판사에서 받아 온 시집과
밤새 쓴 편지 한 장을
자전거에 싣고 우체국에 갑니다.

아침햇살이 신호등이 걸릴 때마다,
내 생이 브레이크를 질끈 잡을 때마다
행여, 자전거 뒤 칸에 매단
누우런 봉투가 아파하지 않을까
자꾸만 뒤를 돌아보게 됩니다.

우체국은 항상 사람향기가 납니다.
그리움 향기가 가득합니다.
아직도 이 세상에는 말 못 할
그리움이 더 많은가 봅니다.

내 이름보다도 그대 이름이
크게 적힌 봉투를 저울에 올려놓습니다.
몇 그램이나 나갈까,
우체국 아가씨는

방황하는 저울바늘의 끝을 바라봅니다.
문득 봉투의 무게가
내 사랑의 무게일지도 모른다는 생각에,
괜스레 두 볼이 바알갛게 달아오릅니다.

며칠 후면
지구의 한 모퉁이에 닿을
내 그리움의 편린들
악어 입 같은 우체통에 고이고이
묻어 두고 자전거에 몸을 싣습니다.

집으로 돌아오는 길,
겨울바람이 자전거 앞바퀴에 걸려
치즈처럼 얇게 잘리었는지
바람 끝이 맵습니다.
가슴팍이 왈칵 시려 옵니다.

사랑받는 이는 사랑하는 이의 우주이다.
사랑하는 이를 꼭 끌어안는 것은
온 세상을 끌어안는 것과 같다.

- 이옌

가슴에 당신이라는 집 지었습니다

당신을 알고부터
일상에 작은 변화가 일기 시작했습니다.

불을 끄지 않은 채 그냥 잠이 든 적이 부쩍 많아졌습니다.
내릴 전철역을 지나쳐 갔던 길을 되돌아온 적이
한두 번이 아닙니다.
계단을 오르다 말고 제자리에 앉아
멍하니 내가 밟은 계단을 세어본 경우도 있습니다.
꽃가게를 지나치게 되면
나도 모르게 자꾸만 자꾸만 뒤돌아보게 됩니다.

언제부턴가 내 일상에
알 수 없는 변화가 찾아온 것입니다.

한겨울에도 내 가슴은 벽난로처럼 후끈거려
아이스크림만 찾게 되었고
눈이라도 오는 날이며 하루 종일 전봇대에 기댄 채
사람들이 남긴 발자국을 바라보고 있습니다.

왜 이러는 걸까요?

당신을 알고부터 나는 이 세상에서

당신의 그림자가 가장 부러워지기 시작했답니다.

한 방울의 사랑은

이성의 바다보다 크다.

- 블레즈 파스칼

눈이 오는 날, 그 거리에서

함박눈이 가난 없이 내리는 거리,
홀로 걷다가 무심결에 뒤를 돌아보았습니다.
서로 손을 잡고 걷는 한 쌍의 연인이
내 발자국을 덮으며 따라옵니다.
나는 걸음을 멈춰 서서 내 길을
그 연인에게 내어줍니다.
다정히 걷는 모습을 두고두고 보고파 그런 거지요.

네 개의 발자국이
눈 위를 한 치의 흔들림 없이
나란히 찍으며 걸어가네요.

부럽습니다.
세상의 흔적으로 새겨진다는 것,
아는 이와 함께
지구의 표면에 발자국을 남긴다는 것,
그것만큼 아름다운 일은 없겠지요.

지금 누구와 함께 걷고 있습니까?
이 세상에는 자신의 발걸음 속도와
같은 사람은 단 한 사람뿐이랍니다.
아름다운 지구에서 남들은 모르게
꼭 너만 알고 나만 아는
그런 둘만의 흔적 언제쯤 가능할까요.

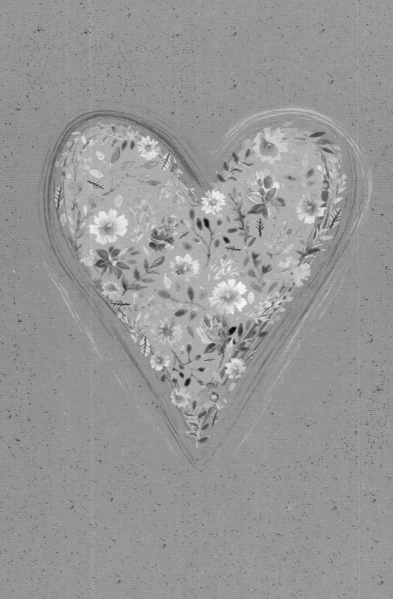

우리가 살면서 놓치지 말아야 할 것

사랑은 정직해야 합니다.
부끄럽지 않아야 합니다.
사랑한다는 말 한 마디에 천근만근의 무게를 느껴야 합니다.
사랑은 향기로워야 합니다.
내일을 약속해야 합니다.
칭찬과 감사의 말을 아끼지 말아야 합니다.
이 세상에 단 한 사람임을 잊지 말아야 합니다.

별 하나를 가슴에 키워야 합니다.
어느 장소이건 떳떳해야 합니다.
게으르지 않아야 합니다.
편지를 써야 합니다.
때론 침묵해야 합니다.
어린애가 되어야 합니다.

한겨울에도 산딸기를 먹을 수 있어야 합니다.
겸손해야 합니다.
의심하지 말아야 합니다.
섬의 외로움을 이해해야 합니다.
낮과 밤의 약속이 일관되어야 합니다.

시인이 되어야 합니다.

배신하지 않아야 합니다.
계절의 변화를 즐길 줄 알아야 합니다.
어둠보다 어둠에 갇힌 달을 사랑해야 합니다.
새벽열차를 자주 타야 합니다.
용기가 있어야 합니다.
숨김이 없어야 합니다.

사랑은 이토록 많은 제약이 따릅니다.
그래도 그 사랑을 해야겠습니까?

그럼요. 그래야지요.
그게 사랑이지요.
그럼에도 사랑이지요.

우리는 흔히 조금 좋아해 놓고 사랑한다고 말해 버린다.
하지만 절대 좋아하는 것이 사랑일 순 없다.
사랑한다는 말은 진실을 위해 아껴야 한다.

- 앙투안 드 생텍쥐페리

오늘을 사랑하고 감사하는 일

어느 날, 두 아기 천사가 큰 바구니를 하나씩 어깨에 매달고 아래 세상에 내려왔습니다.

"와, 참으로 아름답다. 저기 꽃도 있고 나무도 있고 넓은 호수도 있어."
"그래. 하늘나라처럼 이곳도 참으로 아름다워."

두 아기 천사는 여기저기 돌아다니며 아래 세상을 구경했습니다. 구경하는 내내, 행복했고 즐거웠습니다.

"이제 맘껏 구경했으니까 우리 할 일을 해야지."
"그래, 좋아."

한 아기 천사는 큰 바구니에 사람들의 소원하는 것을 담아오는 일이었습니다. 그리고 다른 아기 천사는 큰 바구니에 찬송과 감사 기도를 바구니에 담아오는 일이었습니다.

둘은 흩어져서 그 일을 하기로 했습니다. 그런데 사람들의 소원을 담기로 한 아기 천사는 마을 몇 군데를 돌았을 뿐인데 이미 큰 바구니를 꽉 채울 수 있었습니다.

그러나 찬송과 감사 기도를 담는 바구니는 세상을 다 돌고 돌아도 채울 수가 없었습니다.

"어떡하지? 나는 다 못 채웠는데."

"어쩔 수 없어. 그냥 가자. 네 바구니를 다 채우려면 우리가 늙어 죽겠다."

결국 아기 천사들은 소원을 담은 바구니만 가득 채운 게 하늘나라로 올라갔습니다.

우리는 언제나 바라기만 했던 것 같습니다. 그랬습니다.

다른 사람들이 가진 만큼 우리는 소유하기를 하늘에게 바라기만 했지요.

힘들고 괴롭고 지칠 때만 두 손을 모아 기도했지요. 나무와 얘기를 하는 것, 숲길을 걷는 일, 새의 노래를 듣는 일, 별이 그리움을 대신해 주었던 일 그리고 매 순간 호흡하고 사랑할 수 있었던 일, 이 소중한 모든 것들은 우리는 단 한 번이라고 진심 어린 마음으로 감사할 줄 몰랐지요. 여태 그렇게 살아왔지요.

모든 걸 반성해야 합니다. 모든 것을 다 감사하는 마음으로 살아야겠습니다.

일할 수 있다는 사실, 숨을 쉬고 있다는 사실, 그리고 감사할 줄 아는 마음을 이제라도 깨달았다는 사실까지도 우리는 감사하며 살아야 합니다.

사랑, 그것은 지상의 꽃과는 전혀 다른 방식으로 빛나며
전혀 다른 향기를 흩뿌리는 하늘의 꽃이다.

- 알렉상드르 뒤마 페르

순수와 추억 사이

자장면 한 그릇을 가운데 놓고
서로 젓가락을 권했던 시절,
감기약도 반절씩 나누고
길섶에 핀 이름 없는 꽃을 보며
밤하늘의 섬 같은 별 하나에 글썽이고
바람을 타고 온 가을향기에 눈을 감는 그 시절,
그 시절을 우리는 '순수'라고 말합니다.

괜스레 길섶에 떨어진 은행잎 한 장을
시집에 끼워 두고 싶고
버스 창가에 내려앉은 뿌연 먼지도
낭만적으로 보이고
중년 부부가 팔짱을 끼고 다니는 모습에
아무 말 없이 부러워했던 시절,
그 시절을 우리는 '추억'이라 말합니다.

일상과 삶의 무게에 짓눌려 지치고 힘들 때
순수와 추억이라 불리는 그 시절을 추출하며
우리는 위로받습니다.

유독 떠오르는 한 아이,
내가 전부라 했던 아이,
한없이 투정부리던 아이,
흑백필름처럼 한 아이가 그리워집니다.

순수는 되돌릴 수 없기에 소중한 모양입니다.
추억은 되돌릴 수 없기에 아름다운 모양입니다.
다만 우리에겐 시간은 많고 감성은 살아 있고
행복은 만들어갈 수 있는 희망은 있습니다.

만들어가야지요. 키워가야지요. 지켜나가야지요.
작은 것에서 행복을 느끼고
지난 간 것에 대해 추억을 느끼고
앞으로 다가올 것에 대해 기대하며 사는 것,
그리 살아야겠지요.

나 아닌 다른 것들에게 관심을 기울이는 것,
언제나 같은 시선과 같은 느낌이 아닌
약간은 비스듬하고
조금은 다른 감성으로 세상을 바라보는 것,
그리 살아야겠지요.

먼 훗날, 오늘의 일을
순수라 말할 수 있고
추억으로 돌이켜 볼 수 있게 그리 살아야겠지요.

행복은 바람둥이와 같아서
언제나 같은 장소에 머물 줄 모른다

거침없는 삶의 속도에 치여 어느 순간부터
'여유'라는 단어를 빼앗기고 말았습니다.
여유는 행복으로 가는 길목에 있습니다.
여유 없이 행복도 없고 여유 없이 내일도 없는 거겠지요.

앞으로만 자꾸 내디디려는 발가락은 잠시 접고
허리를 숙여 대지 가까이 귀를 기울여보자구요.
지구를 조금씩 조금씩 옮기는 개미의 행렬을 만나겠지요.
바람 3중주의 선율에 맞춰 감미로운 노래를 부르는
민들레의 합창소리도 들을 수 있겠지요.
꽃향기에 취해 대낮부터 흔들거리는
나비의 날갯짓도 접할 수 있겠지요.
운 좋으면 서로의 간격을 좁히기 위해
밤마다 팔을 길게 뻗는 나무들의 그리움도
훔쳐볼 수 있겠지요.

자연에 눈 맞춰 주는 일,
그게 여유의 시작이고
마음의 평화를 얻는 가장 확실한 방법인데

왜 그 쉬운 일들을 못하면서 사는 걸까요.

여유는 주어지는 게 아니라 만들어가는 겁니다.
행복 역시 마찬가지고요.
오늘은 여유를 찾아 마음의 짐을 내려놓고
가까운 곳으로 살짝 움직여보는 건 어떨까요.

사랑이 시작될 때 우리는 상대에게
아무것도 바라지 않으며
사랑에 대한 순수한 기쁨으로 충만해 있다.
사랑의 첫째 조건은 바로 그 순수한 마음이다.

– 윌리엄 셰익스피어

그대가 아니면 아무것도 아닌

뽕나무 열매가 왜 검붉은 색인지 아시나요?

피라모스 청년과 티스베 처녀는 담 하나를 사이에 두고 살았습니다.
오누이처럼 함께 자라는 사이에 어느 때부터인가 그 둘은 서로를 연모
하는 사이로 발전하게 되었습니다.
둘은 만나고자 했으나 양가 부모들의 완강한 반대로 만날 기회조차 없
었습니다.
애틋해지면 더 강렬해지는 걸까.
두 집 담 사이에 있는 조그마한 구멍 사이로 둘은 사랑을 이어갔습니다.

"티스베, 우리 만나자."
"그래요. 우리 만나요."

그들은 약속 장소로 성 밖에 있는 샘물 옆 뽕나무 아래로 정했습니다.

밤이 되자, 티스베 처녀는 어둠 속을 달려 뽕나무 밑으로 갔습니다. 주
변을 살펴보았지만 아직까지 피라모스는 보이지 않았습니다. 어스름한
달빛 아래 피라모스가 오기를 손꼽아 기다리고 있었는데 저만치서 무서
운 사자가 한 마리 어슬렁어슬렁 기어오는 것이었습니다.

티스베는 기겁을 하고 뒤도 돌아보지도 않은 채 곧바로 숲 속으로 달렸습니다. 그런데 티스베는 너무나 급하게 몸을 피하는 바람에 그만 걸치고 있던 숄을 흘리고 말았습니다. 사자는 이 숄을 보더니 발톱으로 갈기갈기 찢고는 어디론가 사라져 버렸습니다.

잠시 후, 피라모스는 약속 장소에 나타났습니다. 찢겨진 티스베의 숄을 보고 두 눈이 경악을 금치 못하였습니다.

"티스베! 티스베! 도대체 이게 어찌 된 거니? 신이시여, 무슨 말이라도 제게 해주십시오!"

피라모스는 가슴을 치며 울부짖었습니다. 자신이 조금만 일찍 약속 장소에 왔더라면 이런 일이 벌어지지 않았을 것을, 자책하며 괴로워했습니다. 피라모스는 티스베의 숄을 가슴에 안고 뽕나무 밑에 갔습니다.

"티스베가 없는 세상, 사는 건 무의미해."

피라모스는 칼을 꺼내 자기의 가슴을 마구 찔렀습니다. 피라모스의 붉은 피로 인해 흰 열매가 매달린 뽕나무는 온통 붉게 물들었습니다.

잠시 뒤, 티스베는 숲 속에서 나와 약속한 뽕나무 아래로 왔습니다.
온몸이 붉은 피로 젖은 피라모스를 발견한 티스베는 너무나 놀랐습니다. 피라모스의 몸을 부둥켜안고 흔들어 댔지만 이미 피라모스의 입술은 차가웠습니다. 슬픔에 잠긴 티스베도 피가 채 마르지도 않은 피라모스의 칼을 들고 자신의 가슴을 찌르고 말았습니다.

결국 두 사람은 죽음을 통해 하나가 되었습니다.
두 집안은 그 두 사람을 함께 고이 묻어 주었습니다.
그 다음 해부터 희던 뽕나무 열매는 그들의 아픈 사랑을 애기라도 하듯
검붉은 빛깔로 맺히기 시작했습니다.

그대가 아니면 아무것도 아닌 걸까요.
그대가 아니면 나도 없는 것일까요.
목숨을 걸 만큼 사랑이 위대한 걸까요.

어느 순간에는 '그렇다.' 자신 있게 말들 하지만
또 어느 순간에는 '아니다.' 고개를 내젓고 말죠.
상황에 따라 변할 수도 있는 게 사랑이고
사랑이 전부가 아닐 수도 있지요.
그렇지만 분명한 사실은
사랑 없이 살 수 없는 것도 인생이라는 겁니다.

죽음까지는 아니더라도
나는 그 누군가에게 무엇을 내줄 수 있는 사랑인지
한 번쯤 내 사랑을 돌아보는 건 어떨까요.

내 인생에서 제대로 살았던 순간은
사랑하는 마음으로 살았던 순간뿐이다.

- 헨리 드러먼드

하늘은 나의 바다

하늘은 파란데
오염 없이 파란데
구름만은 자동차 매연에 그을려
엉덩이가 까맣다.

구름다리
하나
둘
셋

엄마 그리울 때 바라보는 가짜 바다
부딪칠 섬이 없어
심심하긴 해도

지금은
하늘이 나의 바다.

사랑은 '어느 정도'나 '적당히'가 없다.
사랑을 하면 혼신을 바치게 된다.

- 찰스 디킨스

사랑을 다 주고 떠나는 사람은 없다

그대가 열심히 사랑한다 해도
진정 사랑할 수 있는 사람은
두 팔로 다 껴안을 수 있을 만큼
단지 한두 명에 불과합니다.

떠난 사람이
바로 그 한 사람일 수도 있습니다.
떠난 사람을 증오한다는 것은
그대의 절반을 미워한다는 것.

그대에겐 아직도
너무 많은 미련이 남아 있습니다.
사랑했던 시절보다 이별한 후엔
떠난 그댈 위해
천 배, 만 배 더 사랑해야 합니다.

아무리 열심히 사랑한다 해도
끝내 사랑을 다 주고 떠나는 사람은
아무도 없기 때문입니다.

두 점 사이의 최단 거리는 '사랑'이다.

- 올리버 웬델 홈스

세상이 다 변해도 너만은 변치 마라

사랑아,
세상이 다 변해도 너만은 변치 마라.

땅이 단풍에 물들고
하늘이 달빛에 그을려도
사랑아, 너만은 늙지 마라.

애기똥풀 핀 들녘에서
너는 바람으로
나는 잎사귀로
다시 만난다 해도
첫눈에 알아볼 수 있게
사랑아, 너만은 멈추어라.

우리가 죽어
한 줌의 흙으로 돌아간다 할지라도
작은 씨앗을 심을 테니
사랑아, 너만은 영원하여라.

그대 앞에 나

그대가 하나의 섬이라면

나는,

그 섬에 부딪치는 작은 물방울입니다.

사랑에도 다짐이 필요하다.
당신이 사랑하는 사람에게 귀를 기울이겠다고 다짐하라.
이것이 사랑의 최고 표현이다.

- 데이비드 사이먼

그리움

이젠 가야지, 이젠 가야지

발걸음을 내딛어도

유독

내 마음만은 발가락 반대편에 있습니다.

별

당신은 눈만 깜박일 뿐

오늘도 내게 오지 않았습니다.

사랑하면 눈이 먼다는 말은
아주 틀린 말이다.
사랑은 지상에서 오직 하나,
서로를 가장 정확하게 보게 해 준다.

- 마샤 베크

그대 지친 발걸음

나그네의 발길을 멈추게 하는 건
매서운 비바람이 아닙니다.
뜨거운 태양이 아닙니다.
바로 길섶에 핀
자그마한 제비난초 때문입니다.
한 번만
단 한 번만이라도
자기를 봐달라고
흔들거리는
저 들꽃의 몸부림 때문입니다.

그대여,
이 세상 여행하면서
물 한 잔 간절히 그리우면
언제라도 제비난초 핀 들녘으로 오세요.

그 자리엔
그대 지친 발걸음
잠시 씻을 수 있게
그대 향한 내 눈물이
샛강이 되어 여러 갈래로 흐를 테니까요.

인간에게는 사랑하거나
사랑하지 않을 자유가 없다.
인간이 자유로운 건 사랑을 하기 위해서이다.

- 아베 피에르

| Part 5 |

뒷모습에 달라붙은 애잔한 눈빛

돌아보지 않으리라
했건만

정리했다 잊었다
자부했건만

결국 돌아보고 만 그대 뒷모습

처음엔 그대 앞모습 보고 울었고

마지막엔 그대 뒷모습 보고 울었다

아, 왜 잊히지 않는 걸까
그 뒷모습이

헤어짐의 순간에서 영원한 사랑으로

피차간에 더 이상 할 말이 없을 때
아니, 말을 할 필요가 없을 때
우리는 헤어짐의 순간이 다가옴을 직감한다.
하지만 침착하자 뒤집어 생각하면
다시 한 번 두 눈 감고 생각하면
어쩜 그 어색한 침묵은
서로의 믿음으로부터 시작되었는지도 모른다.
할 말이 없다는 건
말을 할 필요조차 없다는 건
그 사람을 또 한 번 믿고 싶다는
제발 나를 믿어달라는 간절한 절규인지도 모른다.

세찬 바람을 온몸으로 끌어안은
화살만이
과녁에 다다를 수 있듯
헤어짐의 고비 고비마다 그 어색한 침묵을
침묵으로 견뎌야 한다.

함께 하면서 말해왔던 나날보다
말없이 함께 하는 이 순간만이

진정한 사랑을 말할 수 있고
영원한 사랑을 증명할 수 있다.

피차간에 더 이상 할 말이 없을 때
아니 말을 할 필요조차 없을 때
우리는
어둠 속에서 유난히 빛을 뿜는 고양이 눈빛처럼
더 간절한 사랑을
다시 시작해야 함을 깨달아야 할 것이다.

서로 사랑하라.
그러나 사랑으로 구속하지는 마라.
서로 가슴을 주어라.
그러나 서로의 가슴속에 묶어 두지는 마라.

- 칼릴 지브란

창문을 열면 바다가 보인다

누구나 바다와 통하는 창문을 갖고 싶을 게다.
창문을 열어젖히면 바스락거리는 파도가 보이고
백사장에는 꽃게가 물을 나르고
달팽이가 모래성을 쌓고
소나무 그늘에는 갈매기가 던지고 간 똥무더기에서
붉은 해당화 수줍게 핀 그런 바다를 갖고 싶을 게다.

나도 사랑하는 사람을 갖고 싶은 게다
50원의 여분이 남은 공중전화박스에서
망설이다가,
침만 삼킨 채 그냥 발길 돌리고 싶지 않은 게다
꽃가게를 스치면서 그저 향기만을
동냥하고 싶진 않은 게다
비스듬히 누워 있는 붕어빵을 만지작거리며
머리는 내가 먹고 꼬리는 그 누군가에게 건네고 싶은 게다
집 앞 전봇대 아래에서 가슴 떨리는
작별의 키스를 하고 싶은 게다

나도 창문을 열면 사랑하는 사람이 보이는 곳에서 살고 싶게
팔베개를 하고 누워 지나가는 구름도 보고

흔들리는 파도를 내 가슴에 담고 싶은 게다
한평생 소꿉놀이처럼
바닷가에서 살고 싶게
창문을 열면 바다가 보이는 그곳에서
사랑하는 사람과 영원토록 살고 싶은 게다

한 사람이 다른 사람에게 중요해지는 것,
수많은 존재 중에서 내게
특별한 하나의 존재가 되는 것.
이게 바로 사랑의 핵심이다.

- 니나 상코비치

첫 추락

낙엽이 그랬고
비가 그랬고
꽃이, 별똥별도 그랬다.

떨어질 줄 뻔히 알면서도
모두들 그렇게 한사코 허공을 붙들며
매달렸던 이유는
아직도 가슴에 남아 있는 작은 불씨 때문만은 아니다.
다만 그들은 사뿐히 내려앉는 법을 몰랐을 뿐.

내 눈물도 그랬던 것이다.

혼자가 된다는 것이 두려워서가 아니라
마르지 않는 내 눈물을
어떻게, 어디로, 아름답게
추락시켜야 할지
다만 망설임이 길었을 뿐이었다.

천 년의 기다림

부디
내가 죽어 누울 자리가
몸 뒤척일 틈조차 없는
그런 옹색한 무덤이 아니었으면 좋겠다.

그대에게 편지를 쓰다가
내 벅찬 그리움,
연필로는 도저히 감당할 수 없을 때
가끔은 밤하늘 보며 그대 이름 부를 수 있게
그러다가도 여전히 내 그리움 식지 않을 때
이리저리 몸 뒤척일 수 있도록
내 몸 크기만 한 공간이 더 있었으면 좋겠다.

어둠 속에서
내 살점이 점점 수축하고
내 뼈들이 점점 퇴색할지라도
아침에는 이불을 개고 낮에는 양치질하고
저녁에는 기도를 하며
내가 죽었다라는 사실조차 망각하며 살았으면 좋겠다.

때때로
해님과 개미와 지렁이와
그리고 아카시아 넝쿨과 별님에게도
이참에 맘껏 귀 기울일 수 있었으면 좋겠다.
그러다가 내 차례가 다가오면
그대 이름 은근슬쩍 그들에게 자랑했으면 더욱 좋겠다.

언젠가
그대도 나와 같이
이 눅눅한 지하의 주인이 될 때
여태 부치지 못한 편지로 그대 베개를 만들고
뜨거운 가슴으로 불 밝히고
아직도 부끄러운 이 마음으로 그대 이불을 촘촘히 짜겠다.
그리하여 그대와
함께 하지 못했던 순간보다
더 영원히 함께 할 수 있다면
내 옆 빈자리에 그대와 나란히 누울 수만 있다면
백 년을
아니 천 년을 기다려도 한없이 한없이 좋겠다.

소외된 것들을 위하여

모두 다 꽃만을 기억할 뿐
그 꽃을 담고 있는 꽃병은 알아주지 않는다.
모두 다 별만을 올려볼 뿐
별과 별 사이의 어둠은 있는지도 모른다.
모두 다 연극배우에게만 박수를 보낼 뿐
무대 위에 대못으로 박아세운 소나무 소품에게는
눈길조차 주지 않는다.
모두 다 엘리베이터의 고마움만 알 뿐
계단의 우직함은 모른다.
모두 다 흔들거리는 갈대를 사랑할 뿐
갈대밭에 사는 바람을 기억하지 않는다.

모두 다 이루어진 사랑만 축하할 뿐
이루지 못한, 그리움만 간직한
애달픈 사랑은 까마득히 알지 못한다.

달맞이꽃에게

눈물짓지 마라
운다고 잊을 수는 없다
밤에 피었다 해가 뜨면
한순간에 시드는 것이 우리 인생살이다
너의 그리움을 알아주는 이가 없다고
어찌 꽃망울조차 터트리지 않을 수 있느냐
밤이 오면 어김없이
달빛은,
매일 정류장에 마중 나와 너를 기다린단다
피어나거라 비록 시들지라도
그 한순간을 위해 피어나거라
굳이 누군가의 사랑일 필요는 없다
다만 그리움으로도 충분하다

요구하지 않는 사랑.
이것이 우리 영혼의 가장 고귀하고
가장 바람직한 경지이다.

– 헤르만 헤세

결국 사랑하게 될 것을

다신 사랑 같은 거 하지 않으리라.
내 심장에 철문 하나를 달았다.
혹시 몰라서 큼지막한 자물통도 채웠다.
그것도 모자라 문 앞에
'사랑 출입금지'라는 표지판도 내걸었다.
살아 있되 그저 감정 없이 살아라.
이렇게 주문을 걸며 하루하루 보냈다.
그렇게 시간은 갔고 무의미한 일상은 반복됐다.

그러던 어느 날, 느닷없이 다시 또 찾아왔다.
사랑이라는 놈이.
철문을 뚫고 자물통을 열고 표지판을 부수고
다시 또 사랑이 찾아온 것이다.
철통경비를 한들 사랑의 감정을 막을 수 있나
아니다 아니다 한들 사랑을 거부할 수 있나

그대여,
사랑은 이제 없다고 단정 짓지 마라.
사랑에 대해 성급하게 못 박지 마라.
잠시 겨울잠에 들었을 뿐 꽃이 피면 다시 깨어난다.

결국 또 사랑하게 되어 있다.

나는 사랑에 빠진 가난한 젊은 남자를 만났다.
그의 모자는 낡았고, 외투는 해졌으며
팔꿈치가 튀어나왔고 구두는 물이 샜다.
하지만 그의 영혼에는 별들이 지나가고 있었다.

— 빅토르 마리 위고

봄이니까 용서해

소낙비가 멎고 무지개가 뜨듯
봄꽃이 화사하게 다시 피었다.
이제 두 번 다시는 사랑하지 않기로 다짐했지만
자꾸자꾸 저 꽃들이 내 마음을 흔든다.

설렌다.

사랑하고 싶다면
우연히 마주치는 기회를 만들어라.
운명의 예감만큼 유혹적인 것은 없다.

- 리버트 그린

해돋이

사람들은 똑같은 표정으로 해를 바라본다.
그리고 마치 구구단을 외우듯 주술을 한다.
그 찰나, 나는 나지막이 모래알과 갈매기에게 내 죄를 고백한다.
사랑하는 이와 함께 오겠다는 약속, 또 지키지 못해 미안하다.
용서하라. 내 거짓된 약속을.
그러나 경외하라. 내 참된 그리움을…….

혼자라는 사실을 숨기며 살려 해도 세상은 너무나 밝고 찬란하다.

사랑에는 많은 질문이 필요하지 않다.
사랑은 묻는 게 아니라
행동으로 보여 주는 것이다.

- 파울로 코엘료

졸업

끝이 아니라 시작이라고 말하지만 분명 끝이다.

내 등을 또닥거리며 위로해주는 친구들마저도 그 사실을 알고 있다.

소속감의 부재.

어디에도 속하지 않는다는 건 사람을 참 외롭고 쓸쓸하게 만든다.

지치고 힘들 때 기댈 만한 든든한 나무 한 그루가 없다는 뜻이다.

둘이서 걸어왔던 길, 둘이서 만들었던 추억, 둘이서 쌓아올렸던 행복의 탑.

이제는 모든 걸 혼자 해야 한다. 적어도 나에겐 그대의 등 돌림은 끝이었다.

시작을 위한 끝이 아니라 끝없는 끝이었다.

너의 불꽃이 꺼졌을 때 내 눈물은 폭풍을 몰고 오기 시작했다.

사랑할수록 더욱 사랑스러운 사람이 된다.
사랑은 친절을 낳고, 존경을 끌어내며,
긍정적인 태도를 갖게 만들 뿐 아니라
기쁨, 평화, 아름다움, 조화를 가져다준다.

- 스태니슬라우스 케네디

초콜릿 처방전

헤어진 후, 초콜릿을 달고 산다.

동네 정신과 의사가 내게 초콜릿을 권해서이다.

감정 조절에 도움이 되고 긴장 완화를 시켜 우울증을 떨칠 수 있다는 것이다.

하루에 세 번, 식후 30분, 두 조각씩.

벌써 세 달이 지났다. 하지만 효과는 없다.

여전히 가슴 한편에 달이 뜨고 달이 진다.

심장까지 검게 물들어 가는 청춘의 시간.

얼마나 더 먹어야 이 몹쓸 병을 치유할 수 있을까?

이 세상에는 기차표도 끊지 않고 괜히 기적소리에 가슴 설레는 이들이 참 많다.

마지막 사랑이라면
그전은 아무것도 아니고

오늘은 그 사람의 결혼식이다. 그 사람의 두 번째 결혼식이다.

스물네 살에 결혼하고 몇 해가 지나 또다시 그 자리에 서는 그 사람.

사랑을 하고 이별을 하고, 다시 사랑을 하고 이별을 하고, 다시 사랑을 하고……

지하철 갈아타듯 능숙한 그 솜씨에 나의 미움과 원망은 어느새 존경심으로 변한다.

단 하루도 사랑 없이 살 수 없다며 그 사람은 그렇게

내게 두 번째 청첩장을 보냈던 것이다.

절대 가지 말아야지, 절대 생각 말아야지, 다짐해놓고

마지막으로 한 번만 더 보자라는 나약함에 이끌려 일요일 정오에 길을 나선다.

혀끝까지 점령한 쓰디쓴 기억을 사탕 하나로 간신히 달래며.

그대의 마지막 사랑이 될 수만 있다면 그전의 모든 아픔은 다 잊을 수도 있다.

미인이란 내가 알아보는 여인이다.
매력적인 사람이란 나를 알아봐 주는 사람이다.

- 아들라이 스티븐슨

커피숍에서 기다리며

자꾸자꾸 입구 쪽을 쳐다보며
저음이지만 다소 큰 목소리로 '왜 안 오지?' 방백을 내뱉는다.
그렇다고 기다림이 초조하지는 않다. 어차피 기다림은 애초부터 없었
으니까.
다만 나를 힘들게 하는 건
커피숍을 멋지게 나가는 방법이 딱히 떠오르지 않는다는 것이다.

기다림을 없애는 방법은 기다림을 길게 갖는 것이다.

사랑으로 해결할 수 없는 것들을 들어 보라.
당신은 아무것도 쓰지 못한 텅 빈
공간만 발견할 것이다.

- 앨런 코헨

생일날, 홀로 견디는 법

아무에게도 연락이 없다……. 불안하다.

그럴 리 없어. 아마도 지금쯤 친구들끼리 모여 깜짝 파티를 준비하고 있을 거야.

기다리자. 느긋하게 기다려보자.

긴 기다림 끝에 찾아온 사랑이 더 달콤하지 않던가!

어느새 달빛이 전봇대를 적시고 내 마음의 저울은 외로움 쪽으로 기운다.

촛불 앞에서 붉게 상기된 내 얼굴이 너무나 흉하다.

그러나 곧 이 생활에 익숙해지리라.

여하튼 나는 오늘 세상에 함박웃음을 지으며 태어났다.

물론 어머니께 감사한다.

어머니는 훌륭한 교육자이시다. 나에게 사랑하는 법을 가르쳐주셨다. 하지만 홀로 견디는 법은 가르쳐주지 않으셨다.

아무도 눈치 채지 못하게

잊었다, 아니 버렸다.

지웠다, 아니 애초부터 없었다.

어떡하지. 아니 차라리 잘됐다.

구석진 방에 덩그러니 앉아 추억을 버리는 일이 일과가 되었다.

추억이 점점 서러움과 미움과 분노로 변해가는 동안

또 한 해가 가고 다시 봄을 지나 가을이 성큼 다가왔다.

낙엽이 신발에 닿고 고독이 귓불에 내려앉을 즈음,

다 버렸다고 장담했던 그 몹쓸 추억들이 다시 새록새록 봄꽃처럼 피어

난다.

잊은 게 아니다. 지워지지 않는다.

아, 보고 싶다. 참 그립다.

그립다는 건 분명 끝나지 않는 사랑이겠지.

문득 허기가 진다. 그래, 살아야겠다.

일용한 양식을 담아 그리움의 속도보다 더 빨리 달린다.

아무도 눈치 채지 못하게, 다시 시작하려는 이 설렘을.

추억은 함께 공유할 만이 의미가 있는 것이다.

혼자서 간직하고 혼자서 꺼내 본다면 그건 아픔이고 쓰라림이다.

나는 당신을 사랑한다.
당신의 존재를 위해서만이 아니라
당신과 함께 있는 나의 존재를 위해서도.

- 로이 크로프트

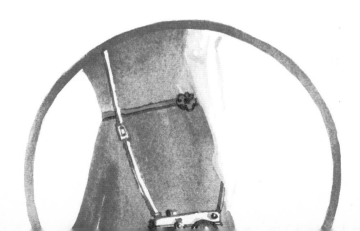

| Part 6 |

상처가 서서히 아무는 시간

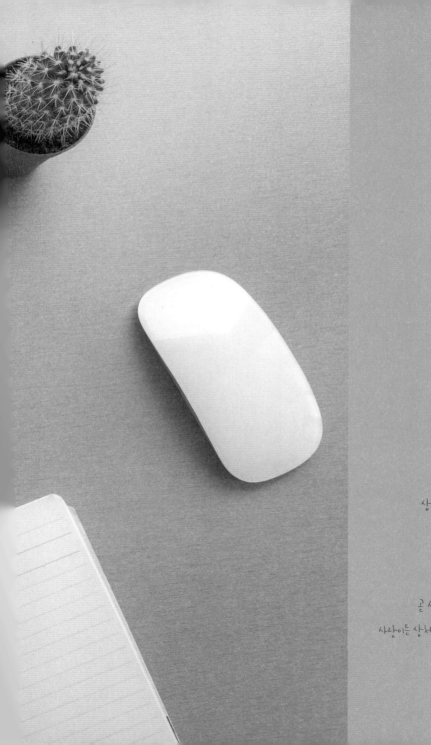

상처에 옳이 닿으면
더 쓰라리고 아프다.

며칠 동안은
볕이 좋은 곳에 앉아
상처를 드러내야겠다.

곧 아물겠지.
곧 새살이 돋겠지.
곧 새로움이 찾아오겠지.
사랑이든 상처든 그 무엇이든 간에.

무너지는 줄 알면서도

무례하게 짝이 없는 거친 폭풍이 며칠째 계속된다.
지붕도 날아가고 나무도 날아가고 전화박스도 새가 된다.
세상은 태초로 돌아가 아마 흔적 없이 지워졌다.
하지만 유독 나만은 그 자리에 서 있다.
내가 버틸 수 있었던 건 무슨 까닭일까.
아마도 내 등을 짓누르는 삶의 무게 때문은 아닐까.
팽팽했던 기다림의 날들이 달빛에 젖어 점점 헐거워지고
하늘의 꼭짓점에서 비 한 방울이 내려온다.
끝내 고독한 열매 하나가 내 겨드랑이를 뚫고 나온다.
나는 나다. 나는 무다. 나는 나무다.
그대라는 터에 뿌리박고 사는 한 그루의…….

미련함이란 이런 거다.
무너지는 줄 알면서도 또 그리움의 짐을 쌓는 것이다.

심장이 따끔

헤어진 지 벌써 한 해하고 한 계절이 흘렀지만
가슴에 박힌 못을 아직도 빼지 못했다.
상처 또한 추억이 아니던가.
덧나고 곪아도 어쩔 수 없다.
점점 깊어져 이제 숨을 쉴 때마다 심장이 따끔거린다.
고맙다. 아직도 아플 수 있다는 사실조차도.

하루를 또 버틸 수 있는 건 내가 사랑을 주는 사람은
나에게도 사랑을 줄 거라는 믿음 때문이다.

누군가에게 깊이 사랑받으면 힘이 생기고
누군가를 깊이 사랑하면 용기가 생긴다.

- 노자

햇살이 내리는 거리

따사로운 햇살이 거리를 배회한다.
누군가와 팔짱을 끼고 세상의 중심으로 나가고 싶지만 지금은 혼자다.
햇살이 아깝다. 햇살에게 미안하다.

내가 그를 왜 사랑하는지 말해 보라 하면
그냥 '그는 그였고 나는 나였기에'라는 대답 외에는 어떤 말도 할 수 없다.
사랑에는 이유가 없다.

- 미셸 드 몽테뉴

기억, 배경처럼

그를 본 사람은 없다.
그를 기억하는 사람은 더더욱 없다.
하지만 분명 그는 나왔다.
단지 그가 번개보다 더 짧은 생을 살았을 뿐.
사람들이 스포트라이트에 비춘 주인공에 열광하는 동안 나는 그를 기다
렸다.
하지만 그는 끝내 돌아오지 않았다.
이름도 없고 말도 없고 오직 배경처럼 지나간 그.
그가 어쩌면 내가 아니었을까.
그대라는 영화 속에서 혹여 엑스트라는 아니었을까.
눈물 대신 두려움이 앞선다.

곁에 남지 못해도 좋다.
다만 그대의 기억창고에서 먼지가 쌓이지 않길 바랄 뿐.

상처가 아무는 시간

눈도 하나요, 날개도 하나이기에
혼자서는 결코 날 수 없다는 새.
두 마리가 기대어야만 비로소 날 수 있는 새, 비익조.
비익조 한 마리가 내게 같이 날아 보자고 손짓한다.
하지만 나의 날개는 너무 낡았거나 아프다.
지금은 날 수 없다. 상처가 아물 시간이 필요하다.

사랑할 시간이 충분하지 않다.
하지만 그리움의 시간은 너무나 충분하다.

사랑한다는 것은
자기를 넘어서는 일이다.

- 오스카 와일드

혼자는 혼자일 뿐

몸은 멀리 떨어져 있어도 서로 같은 생각을 하고 있다면
그건 함께 있는 것과 마찬가지라고 생각했다.
그러나 시간이 지남에 따라 그녀가 무슨 생각을 하는지 궁금해졌고
결국 '혼자는 혼자일 뿐이다.'라는 결론을 내렸다.
깊은 밤이 찾아오면 그리움을 폭식한다.
그러나 결코 채워지지 않는다.

사랑은 선택하는 것이 아니라 그저 다가오는 것이다.

사랑은 땅속 깊은 곳까지 뿌리를 내리고 하늘 높은 곳까지
가지를 뻗는 나무가 되어야 한다.

- 게오르그 헤겔

잊혀간다는 것

이 세상에서 가장 두려운 건 바로 '잊혀가는' 것이다.
어느 한가한 오후, 자장면을 시켜 먹었다.
하지만 일주일이 지나도록 그릇을 찾아가지 않는 것이다.
그릇 주위에서 윙윙대는 똥파리를 바라보니 화가 나고 짜증이 난다.
한동안 멍하니 그릇을 바라보는데
대뜸 자장면 그릇이 내게 툭 한 마디 내뱉는다.
"이 철부지야, 세상 사람들은 이미 너의 존재를 잊었어."
순간, 무섭고 아찔했다.

이 세상에서 가장 듣기 싫은 말은 '사랑했었다.'라는 말이다.

세상에는 단 하나의 마술, 단 하나의 힘,
단 하나의 행복이 있을 뿐이다.
그것은 사랑이라고 불린다.

- 헤르만 헤세

2인용 자전거

지나치게 많이 갖고 있거나 너무나 완벽한 자들은
새로운 것이 찾아온다 해도 기쁨이 크지 않다.
그러나 반대로 마음 한편이 헐렁하거나 허전한 자들은
작은 것의 방문에도 행복의 물꼬가 쉽게 트인다.
이른 봄에 찾아오는 개나리꽃의 개화.
창문 틈 사이로 들려오는 아이의 웃음소리.
구름의 엉덩이를 만지려고 까치발을 선 해바라기 몸짓.
그리고 자전거 앞바퀴에 걸려 치즈처럼 얇게 잘린 햇살.
둘이 있었다면 어찌 이 모든 것들을 느낄 수 있으랴.
누추하고 가난하고 혼자이기에 더 많은 행복을 얻을 수 있는 것이다.

혼자라는 사실이 편해지기 전에 부디 사랑이 찾아오길 바랄 뿐이다.

지금은 비록 그리움이지만

유난히 크고 보기 싫게 태어난 오리새끼 한 마리가
다른 오리들에게 구박을 받자 그 오리새끼는 농가를 뛰쳐나오는데,
숲 속의 작은 새들도 상대해 주지 않았다.
어떤 할머니네 집에 들어가 살게 되지만
그 집에서도 고양이와 닭에게 구박을 받아 결국 거리를 방황하게 된다.
얼음으로 뒤덮인 추운 겨울이 지나고 봄이 왔을 때
오리새끼는 저도 모르는 사이에 공중을 날 수 있게 된다.
오리새끼는 사실은 아름다운 백조의 새끼였던 것이다.
…… 보란 듯 역전할 수 있을까?

견딜 수 있는 방법은 간단하다.
가슴의 반은 열어 놓고 추억의 반은 닫아 놓는 것이다.

사랑이야말로 속력을 멈출 수 있는,
중력의 법칙을 부정할 만큼 강력한 단 한 가지이다.

- 폴 오스터

외롭거나 그립거나

병아리가 알 속에서 나오려면
스스로 부리로 알을 쪼아야 한다.
그러면 알을 품던 어미닭이 소리를 알아듣고
동시에 밖에서 알을 쫀다.
안팎에서 서로 쪼아대면
순간 세상이 열리고 사랑이 완성된다.
심장 하나가 세상 밖으로 나가길 원한다.
잠시 그대의 부리를 빌리고 싶다.

홀로 선 소나무는 외롭다. 그러나 둘이 되면 그리운 법이다.

마지막 이파리가 아슬아슬 흔들린다.
저 바람은 악마가 보낸 절망인가.
설령 떨어진다 해도 땅에 닿지 마라.
허공에서 살아라.
누군가가 너를 받아줄 때까지만이라도.

홀로 비를 맞으며

앞사람의 우산 속으로 들어갈 수 있지만
그냥 혼자가 편하다.
어차피 우산을 같이 쓴다 해도 비를 맞기는 매한가지다.
이 세상에서 나와 발걸음 속도가 같은 사람은
오직 한 사람만이 존재하기 때문이다.

비가 오면 그대 생각나는 이유는
그동안 내가 흘린 눈물이 하늘로 올라간 까닭일까.

사랑이란 하나를 주고 하나를 바라는 것이 아니며,
둘을 주고 하나를 바라는 것도 아니다.
아홉을 주고도 미처 주지 못한 하나를 안타까워하는 것이다.

- 레스 브라운

그대를 붙잡는 법

새는 그물코 하나에 잡힌다.

그렇다고 그물코 하나만 쳐놓으면 안 되는 것처럼

너에게로 가는 길을 찾기 위해 수단과 방법을 다 동원했다.

고래 지느러미에 매달려 바다 속을 들여다보고

코끼리의 코에 감긴 채 밀림을 수색하고

낙타의 등을 타고 사막을 건너며 너를 찾아 헤맸다.

그렇게 몇 해 동안 지구를 몇 바퀴 돌았지만 너는 없고

나는 이곳 책의 나라까지 왔다.

누군가 그랬다. 책 속에 길이 있다고.

그 말을 신봉하며 끼니도 거른 채 세상의 모든 책을 다 읽었다.

검지는 지문이 사라지고 눈은 점점 희미해진다.

세상의 책을 다 읽었지만 결국 찾지 못했다.

그대에게로 가는 길의 입구조차도.

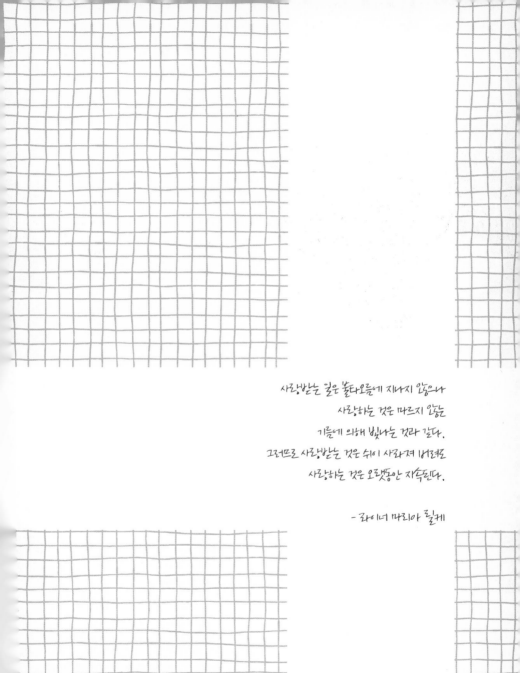

사랑받는 일은 불타오름에 지나지 않으나
사랑하는 것은 마르지 않는
기름에 의해 빛나는 것과 같다.
그러므로 사랑받는 것은 쉬이 사라져 버려도
사랑하는 것은 오랫동안 지속된다.

- 라이너 마리아 릴케

쓸쓸한 하루

강아지에게 영혼이 있고 천사의 날개가 있다고 믿는 그 女.
그 女가 드디어 눈부신 웨딩드레스를 입었다.
축하한다는 말이 끝내 입 밖으로 나오지 않았다.
내가 할 수 있는 말이란 고작 '결혼은 무덤이야.'가 전부였다.
얼굴이 검게 변한 그 女를 보며 찰나의 통쾌함을 느꼈다.
그날 밤, TV를 보는데 프로그램들이 하나같이 너무 지루했고
무의식중에 손가락 두 개가 내 주둥이를 꼬집고 있었다.

최고의 것을 주겠노라고 약속했다.
그것이 나임을 알고 그녀는 떠났다.

잘도 갈아탄다

위를 올려 봐도 별은 보이지 않고
아래를 내려 봐도 개미는 보이지 않는다.
옆을 두리번거려도 나무 또한 보이지 않는다.
이 지하에서는 사방이 다 벽이다.
그리고 또한 이 지하에서 모든 것이 사라진다.
너무나 나른하기만 한 온기에 휩싸여
꿈도 청춘도 감각도 노래도 미움도 아픔도 모든 것이 사라진다.
그러나 단 한 가지, 아무리 버리려 해도 버려지지 않고
오히려 또렷해지는 것이 있다.
바로 그리움이다.
지하에 묻어도 다시 피어나는 몹쓸…

갈아타는 곳, 동대문 지하철.
노선이 많아 길을 잃었지만
그는 나를 버리고 잘도 갈아탔다.

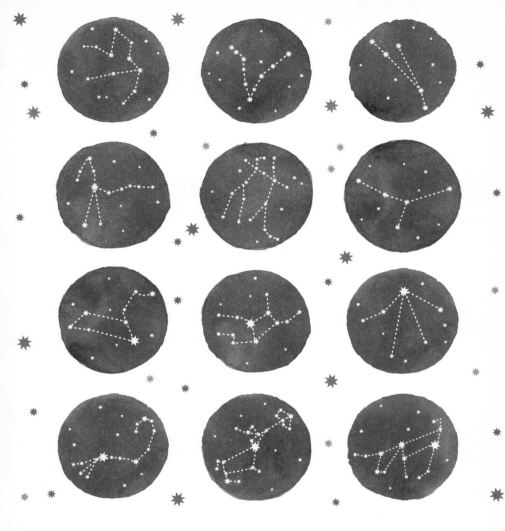

수 마일의 거리가 당신과 친구를 떼어 놓을 수 있지만
사랑하는 누군가와 정말 함께 있고 싶다면 당신은 이미 거기 가 있지 않겠는가.

- 리처드 바크

내가 먼저 당신 잊을 수 있도록

당신을 기다리다가 벌써 커피 세 잔을 비웠습니다.
뜨거운 기다림이 점점 식어 가고
오늘도 하염없이 성냥 쌓기만 하였습니다.
오지 않은 당신을 원망하거나 서운하게 생각하진 않습니다.

이 하찮은 커피 한 잔도 내 안으로 들어오기까지 오랜 견딤의 과정이 필요했던 것입니다. 씨앗을 파종하고 7~12개월에 이식하여 3년 정도가 지나야만 커피 열매가 맺히고 그리고 200~250C의 열을 가한 후 다시 분쇄 과정을 거쳐야만 커피 한 잔이 드디어 탄생하는 것입니다.

세상의 모든 만남이
하루아침에 우연히 이루어지는 게 아니겠지요.

오늘따라 입 안이 쓰디씁니다.
마음이 씁니다.
커피가 너무나 진하기 때문만은 아닙니다.

오늘도 당신에게 가지 못한 채 그저 작은 씨앗만 뿌립니다. 언젠가는 왈칵 당신이 다가올 거라 믿기에 커피 향으로 내 빈 가슴만 채우고 자리를 박찹니다. 혼자 온 것처럼, 아무도 기다리지 않았다는 듯이 카페를 태연스럽게 나갑니다.

마지막이라 해놓고, 끝났다고 해놓고
이리 다시 당신을 기다리는 이유는
당신에게 꼭 부탁드릴 게 있어서 그렇습니다.

내가 혼자서도 살아갈 수 있게,
아무 일도 없었던 일처럼 받아들일 수 있게
당신이 나를 천천히 마음 밖으로 밀어냈으면 합니다.
당신이 나를 잊기 전에
내가 먼저 당신을 잊을 수 있도록
시간을 줬으면 합니다.

그게 나의 마지막 부탁입니다.

너의 뒷모습에 달라붙은

헤어진 후, 가장 먼저 한 일은 사진을 찢어 버린 일이다.
어떻게 그런 용기가 나왔는지 모르겠지만 그 순간만큼은 통쾌했다.
물론 지금은 유리테이프로 붙인 조각난 사진을 다시 들여다보고 있다.
지나가는 건 세월일 뿐 추억은 유턴하여 다시 내 앞에 놓인다.
한 사람을 가슴 밖으로 밀어내기가 이렇게 힘들 줄 몰랐다.
누군가 사랑이 무어라 생각하느냐고 묻는다면 이렇게 답하리라.
사랑은 너의 뒷모습에 달라붙은 내 젖은 미련이라고.

새것과 옛 것은 공존할 수 없다.
새로운 만남이 시작되는 순간, 지난 추억은 점점 물밑으로 수장되고 만다.

사랑은 봄에 피는 꽃과 같다.
만물에 희망을 품게 하고
달콤한 향기를 풍긴다.

- 귀스타브 플로베르

함께 할 걸 그랬어

"이해하기 위해서는 서로 닮지 않으면 안 된다. 그러나 서로 사랑하기 위해서는 서로 약간 다르지 않으면 안 된다."

누군가가 한 이 말을 믿었기에 그 흔한 커플티 하나도 함께 나누지 않았다. 그 흔한 취미 하나도 공유하지 못했다. 그러나 살면서 그토록 후회되었던 적은 없었다.

사랑은 자동차처럼 그 자체는 문제가 없다. 다만 문제는 운전자에게 있을 뿐이다.

세상이 한 사람으로 줄어들고 그 사람이 신으로까지 확장된다면 그것은 사랑이다.

- 빅토르 마리 위고

마음에 새기고

눈꽃은 쉼도 없이 내렸다.
부자의 땅, 가난의 땅 나누지 않고 평등하게 내렸다.
속도는 점점 빨라지고 두께는 점점 굵어졌다.
두 손을 호주머니에 감추고 물끄러미 뒤를 돌아보았다.
방금 전까지만 해도 바짝 따라왔던 발자국이
어느새 새롭게 내리는 눈꽃에 덮였다.
하지만 눈이 밉지 않다.
추억은 원래 보이지 않는 법. 그저 마음에 새기는 거니까.

사랑을 두려워하는 것은 인생의 3/4이 이미 죽은 것이다.

아름답게 이별하기

이제 묻지 않으리.
나팔꽃은 이파리가 떨어진다 해서
어디서부터 바람이 불어왔는지 굳이 묻지 않는다.
개미는 집이 무너졌다 해서
어디서부터 지진이 왔는지 굳이 묻지 않는다.

이미 마음이 떠난 사람,
이미 눈이 돌아간 사람,

그 보이지 않는
아니
너무나도 선명한 작은 틈을 굳이 묻지 않으리.

틈새를 메우려 하면 할수록
사이가 더 벌어진다는 사실,
사랑에 이유가 없듯
때론 이별도 이렇게 어처구니가 없기에,
굳이 묻지 않으리.

그대 뒤돌아 가는 길,
그대의 뒷모습에 내 미련을 딸려 보내지 않으리.

아무리 가까운 사이라도
무한한 거리가 존재한다는 점을 서로 받아들인다면
두 사람에게 놀라운 삶이 펼쳐진다.
둘 사이의 공간을 사랑할 수 있는 한.

- 메이 사튼

상처의 밤

안티푸라민 같은 함박눈이 내려와 모든 아픔을 다 덮었다.
잠시 통증을 잊었다.
하지만 야속하게도 밤이 돼서 눈이 녹기 시작했다.
녹은 눈 때문에 상처 부위가 더 쓰리다.

이 밤, 짐승처럼 웅크린 채 킁킁거린다.

사랑에 빠진 사람에게는 별들과 산들바람뿐 아니라
수학적 분할까지 뭔가 애틋하고
시적인 감정을 느끼게 한다.

- 마르셀 프루스트

스치면 인연 스며들면 사랑

초판 1쇄 발행 | 2015년 11월 25일

지은이 | 김현태
펴낸이 | 김의수
펴낸곳 | 레몬북스(제396-2011-000158호)
전　화 | 070-8886-8767
팩　스 | (031) 955-1580
이메일 | kus7777@hanmail.net
주　소 | (10881) 경기도 파주시 문발로115 세종출판타운 404호
디자인 | 페이퍼마임

ⓒ레몬북스
ISBN 979-11-85257-30-3 (03810)

이 도서의 국립중앙도서관 출판예정도서목록(CIP)은 서지정보유통지원시스템 홈페이지(http://seoji.nl.go.kr)와
국가자료공동목록시스템(http://www.nl.go.kr/kolisnet)에서 이용하실 수 있습니다. (CIP제어번호 : CIP2015030137)